장담 신무협 장편소설
ORIENTAL FANTASY STORY & ADVENTURE
9

쌍룡기 9
격동강호(激動江湖)

초판 1쇄 인쇄 / 2010년 8월 24일
초판 1쇄 발행 / 2010년 9월 3일

지은이 / 장담

발행인 / 오영배
편집장 / 김경인
편집 / 윤대호, 신동철
펴낸 곳 / (주)삼양출판사 · 드림북스

주소 / 서울특별시 강북구 송천동 322-10호
대표 전화 / 02-980-2112 팩스 / 02-983-0660
편집부 전화 / 02-980-2116 팩스 / 02-983-8201
블로그 / blog.naver.com/dreambookss

등록번호 / 제9-00046호
등록일자 / 1999년 3월 11일

ⓒ 장담, 2010

값 8,000원

(주)삼양출판사 · 드림북스의 서면 허락 없이는 어떠한
형태나 수단으로도 이 책의 내용을 이용하지 못합니다.

ISBN 978-89-542-3968-4 04810
ISBN 978-89-542-3679-9 (세트)

* 지은이와 협의하에 인지는 생략합니다.
* 잘못된 책은 구입한 곳에서 바꾸어 드립니다.

제1장	치명적 유혹(誘惑) 007
제2장	만상루(萬象樓)와 무영귀자(無影鬼者) 029
제3장	속고 속이고 071
제4장	만상루, 손님을 받다 105
제5장	한밤의 혈전(血戰) 125
제6장	힘이 없으면 천하의 주인도 망나니의 칼에 목이 잘리는 법이다 163
제7장	일 대 오백. 추하령(秋下嶺)의 전설(傳說) 201
제8장	오만(傲慢)한 정의(正義)는 피로 물들고 241
제9장	혈운(血雲)은 포검산장의 하늘을 뒤덮고 275

제1장
치명적유혹(誘惑)

1.

사도무영은 아무런 생각도 나지 않았다.

세상에서 가장 부드럽고 황홀한 향기가 나는 유혹 덩어리가 이를 밀고 들어온다.

텅 빈 머릿속에서 화려한 폭죽이 터진 기분.

사도무영은 자신도 모르게 여화란의 허리를 잡은 손에 힘을 주었다.

바로 그때였다.

목에 걸린 현천수호주가 징징 울어댔다.

곁에서 나는 소리가 아니었다. 몸속에서 울리는 소리였다.

사도무영은 가까스로 마음을 추스르고는 후다닥, 여화란을 떼어놓았다.

한 자의 거리.

여화란은 아쉬움을 떨치지 못한 눈으로, 얼굴이 발그레한 사도무영을 바라보았다.

사도무영은 물기가 옅게 배인 그녀의 눈을 똑바로 응시하고는 머뭇거리며 입을 열었다.

"더는…… 안되오."

"제가 싫어요?"

"그게 아니오."

"싫진 않다는 거죠?"

"그건……. 후우, 그렇소. 당신이 싫지는 않소. 하지만 나에겐 이미……."

"그럼 됐어요. 어차피 당신을 나 혼자 소유하겠다는 생각을 가진 적은 한 번도 없어요. 당신에겐 이미 밤을 함께 지내는 여인이 있을 테니까요."

적소연을 말하는 듯했다.

전이었다면 절대! 그런 사이가 아니라고 했을 것이다. 그러나 지금은 그런 사이로 생각해 주는 것이 고맙기만 했다.

그런데 혼자 소유하겠다는 생각을 가진 적이 없다니?

사도무영은 왠지 그 말이 무섭게 들렸다.

다시 말해서, 다른 누구와 함께 살던 상관없이 자신을 포기하지 않겠다는 말이 아닌가.

그는 여화란에게 단호히 말해야겠다는 결심을 하고는 굳은 표정으로 입을 열었다.

"나를 그리 생각해 주는 마음은 고맙지만, 나는 당신을 받아들일 수……."

여화란이 손을 뻗어 사도무영의 입을 막았다.

"저도 알아요. 당신이 저를 어떻게 생각하는지. 그래도 싫어하지 않는다고 했잖아요? 당장은 그걸로 만족할게요. 그리고 앞으로 당신 마음에 들도록 노력도 해보고요."

"화란 소저……."

여화란이 환하게 웃었다. 눈에 맺힌 물기가 금방이라도 떨어질 것처럼 달랑거렸다.

"더는 싫어요. 여기까지만 해요."

나름대로 결심한 사도무영이지만, 그 표정을 보고는 차마 더 이상은 매몰차게 대할 수가 없었다.

"세상에는 나보다 더 좋은 사람이 많소. 잘 생각해 보시오."

"아무리 세상이 넓어도 당신은 한 사람밖에 없어요. 너무 어렵게 생각하지 말아요. 난 당신의 정식 부인 자리는 관심 없어요. 그냥 당신과 함께 지내기를 바라는 것뿐이죠."

글쎄, 그게 어렵다니까?

사도무영은 답답했지만, 그 역시 그 방면의 경험이 일천하니 뭐라 할 말이 없었다.

"후우, 좌우간 이만 가보겠소."

여화란이 소매로 눈물을 훔치며 절실한 표정으로 말했다.
"또 올 거죠? 안 오면 제가 찾아다닐 거예요."
오늘이 지나면 이곳에서 만날 이유가 없을 것이다.
그 이유를 말해 줘야 하나?
잠시 망설이던 사도무영은 알려주기로 했다. 비밀이라면 비밀이었지만, 여화란이 안다고 해서 어차피 크게 달라질 것도 없었다. 입을 다물어주면 더 좋고.
"이곳은 새벽이 되기 전에 공격당할 거요. 그러니 공격이 시작되기 전에 이곳을 빠져나가도록 하시오."
"정천맹인가요?"
"그렇소. 거기다 무당파도 함께 있소. 아마 다른 사람까지 챙길 여유는 없을 거요. 무슨 말인지 알겠소?"
여화란은 천천히 고개를 끄덕였다. 하지만 별다른 표정변화는 보이지 않았다. 그 정도 어려움쯤은 언제든 각오하고 있다는 듯.
"그럼 당신을 찾으려면 어디로 가야 하죠?"
구천신교를 떠나서라도 찾아 나설 것 같은 말투다.
난감했다. 어디를 알려준단 말인가? 만나는 것 자체가 문제거늘.
그런데 여화란이 말했다.
"삼, 육, 구, 십이월 보름마다 동정호 악양에 있다는 악양루에 오를 거예요. 어머니가 저를 낳고 몰래 강호에 나왔을 때

그곳에서 사람다운 사람을 만났데요. 아주 순진한 사람이었는데, 어머니를 보고도 욕념을 느끼지 않았데요. 마치 당신처럼. 저도 그곳에서 당신을 기다릴 거예요."

악양루라…….

어차피 전쟁이 끝나면 동정호에 가봐야 한다.

그런데 그때 만나서 뭐라고 한단 말인가?

사도무영은 떫은 땡감을 베어 문 표정으로 말했다.

"너무 오래 기다리진 마시오."

여화란이 잔잔히 웃으며 대답했다.

"당신보다 더 좋은 사람이 생기면 그만 둘게요."

이상했다. 그 말을 들으니 생각지도 못한 감정 한 줄기가 실오라기처럼 피어났다.

질투? 아쉬움? 이해할 수 없는 묘한 감정이었다.

'끄응, 어이가 없군.'

사도무영은 자신의 그런 감정에 어이없어 하며 몸을 돌렸다.

"그럼 가보겠소."

그러고는 여화란이 붙잡을 틈을 주지 않고 천장을 통해 건물을 빠져나갔다.

여화란은 사도무영이 빠져나간 곳을 한참 동안 바라보았다.

그리고 천천히 입술을 손가락으로 문지르며 중얼거렸다.

"일단 옷을 벗고 시작할 걸 그랬나?"

하지만 어쩌랴, 사람은 이미 떠났는데.

그녀는 몸을 돌려 침상 위를 향해 몸을 날렸다.

그녀의 몸무게를 이기지 못한 침상이 삐걱대며 즐거운 비명을 질렀다.

'환희염정공을 구단계까지 펼쳤는데도 소용이 없다니. 어떻게 된 사람이……'

"크."

짧은 웃음이 그녀의 입에서 새어나왔다.

"확실히 이론과 실제는 달라. 어떻게 해야 그의 마음을 사로잡을 수 있지? 어머니에게 물어봐 봐야, 남자들은 다 똑같으니 일단 옷부터 벗고 달려들라는 말이나 할 것이고……. 아아아아……."

그녀는 베개를 두 팔과 두 다리로 꼭 끌어안고는, 베개를 향해 다짐하듯이 속삭였다.

"다음에는 절대 그냥 보내지 않을 거야."

밖으로 나온 사도무영은 숨을 크게 들이쉬었다.

'후우우우웁!'

아쉬움과 시원함, 상반된 감정이 교차했다.

분명한 것은 여화란이 정말 무서운(?) 여자라는 것이었다.

'근데…… 어떻게 혀에서 꿀맛이 나지?'

정말 신기했다. 혹시 자신과 만나기 전에 꿀을 먹은 거 아닐까?

피식, 사도무영은 자신의 엉뚱한 생각에 웃음이 나왔다.

바로 그때, 장원의 동쪽에서 약간의 소란이 일었다.

"웬 놈이냐?"

"창고에 침입자가 있다! 잡아!"

그리고 곧 장막심의 투덜거림이 들렸다.

"씨발, 이 조그마한 장원에 뭔 사람이 이렇게 많아? 이제 도둑질도 못해 먹겠네."

사도무영은 그 말을 듣고 대충 상황을 짐작했다.

'들킨 모양이군.'

들키자마자 자신을 좀도둑으로 위장하기 위해 그런 말을 한 것 같다. 웃음이 절로 나왔다.

하지만 웃고만 있을 때가 아니었다. 자칫 소란이 커지면 숲 속에 숨어 있는 무당파와 정천맹 무사들이 움직일지 몰랐다.

『장 형님, 부딪치지 말고 장원을 벗어나십시오.』

사도무영 일행이 운양장을 벗어나자 소란이 잦아들었다.

장막심을 단순 도둑으로 생각한 듯했다. 아니면 다른 누군가가 강제로 소란을 종식시켰든가.

가능성은 충분했다. 여화란은 운양장이 포위되어 있다는 것을 알고 있지 않은가.

소란이 커지면 공격이 앞당겨질지도 모르는 일. 그녀는 그런 상황이 벌어지는 걸 원치 않을 게 분명했다.

또한 그것으로, 그녀가 다른 사람에게 말하지 않고, 원하는 사람들만 데리고 탈출할 거라는 것도 확실해졌다.
 사도무영의 입장에서는 다행이 아닐 수 없었다.

2.

 "팽 대협은 창고에 갇혀 있습니다. 숨소리가 약하긴 하지만 아직 죽을 정도는 아닌 것 같습니다."
 창고 쪽을 살펴봤던 장막심이 풍이한에게 말했다. 무당산에서 사도무영이 만소개를 보고 했던 말과 비슷했다.
 사도무영은 쓴웃음을 짓고는 양류한과 장막심이 조사한 인원을 합산해서 알려주었다.
 "장원 안에 있는 사람들의 숫자는 칠십여 명. 그 중 육십 명 정도가 구천신교 사람들 같습니다."
 풍이한이 물었다.
 "실력은 어느 정도로 보이던가?"
 "그들 중 대여섯은 각조 조장에 비해 약하지 않습니다. 그리고 나머지 사람들 중에도 일류고수가 상당수 되더군요."
 풍이한의 귀에는 그 말이 '대여섯은 조장들보다 강하다.'는 말로 들렸다.
 "어쩔 수 없이 본진을 기다려야 할 것 같군."

사도무영이야 당연히 그걸 원했다. 여화란이 몸을 뺄 시간은 있어야 하니까.

'쩝, 구천신교를 무너뜨리겠다는 놈이 지금 뭐하는 짓인지…….'

자신이 생각해도 한심했다. 그래도 어쩔 수 없었다. 여화란을 죽게 내버려 둘 수는 없는 일이 아닌가.

축시가 넘자 안개가 강가에서 밀려오기 시작했다.

장원에서 타오르는 화톳불의 불빛이 안개에 반사되며 괴기한 풍경을 만들어 낸다.

숲속에 숨어 있는 무사들의 어깨가 이슬에 축축이 젖어가는 인시 초. 마침내 본진이 도착했다.

팽도산과 무당파의 장로인 소공, 소청, 소완도장은 일단 석도청이 있는 곳으로 갔다. 하지만 곧 석도청에게 말을 들었는지 삼조 쪽으로 왔다.

풍이한은 그들에게 사도무영이 얻어온 정보를 말해주었다.

팽도산은 조카가 살아있다는 말을 듣고는, 주먹을 불끈 쥐고 무당파의 장로들을 쳐다보았다.

"도장, 공격합시다."

"일단 팽 당주를 구해야하지 않겠소?"

"조카를 구하는 것도 중요하지만, 그보다 구천신교의 무리를 무찌르는 게 더 중요하오. 적을 물리칠 때까지 그 아이가 살아있기를 바라는 수밖에. 혹여 저들이 조카의 목숨으로 우리를 위협하려 한다면…… 망설이지 말고 손을 쓰시오."

팽도산의 비장함에 모두가 입을 닫았다.

그렇다면 무당파의 장로들도 머뭇거릴 이유가 없었다.

마침 짙은 안개가 낀 상황. 가까이 접근하기에는 최적이었다.

"좋소이다. 그럼 바로 시작합시다. 우리가 적을 혼란케 할 테니, 정천맹은 팽 당주를 구하는데 전력을 다하시구려."

"고맙소, 도장."

"그리고 저 장원은 이번에 공을 세운 삼조 조원의 집이라고 하는구려. 그러니 무공을 모르는 자들은 죽이지 않도록 조심했으면 하오."

"걱정 마시오. 힘없는 가솔에게 왜 손을 쓰겠소?"

사도무영은 묵묵히 지켜보고는, 공격 결정이 내려지자 뒤로 물러났다.

'지금쯤은 떠났겠지?'

짙은 안개는 공격하려는 사람에게만 유리한 것이 아니었다. 떠나고자 하는 사람에게도 유리했다. 여화란은 눈치가 빠른 여인. 이러한 이점을 이용하지 않을 리 없었다.

만일 떠나지 않았다면…….

'나만 또 고생하겠지. 후우.'

그는 한숨을 내쉬고 장막심과 양류한에게 나직이 말했다.

"공격이 시작되면, 바로 정 노인과 양 노인부터 찾으십시오. 가솔들이 절대 밖으로 나오지 못하도록 해야 합니다. 아셨죠?"
"알겠네."

공격은 안개 속에서 이백 오십에 이르는 무사들이 일제히 담장을 넘어가며 시작되었다.
안쪽에서 구천신교 무사들의 외침이 들렸다.
"적이다!"
"적이 쳐들어왔다! 막아라!"
사방에서 일제히 터져 나오는 비명과 고함소리.
안개와 화톳불이 묘한 조화를 이루어진 장원에 피가 튀었다.
사도무영은 담을 넘자마자 일단 뒤쪽으로 들어갔다. 여화란이 아직도 안에 있다면 몰래 빼돌릴 생각이었다.
그러나 여화란이 있던 방에서는 사람의 기운이 일체 느껴지지 않았다. 예상대로 여화란은 이미 몸을 뺀 듯했다.
그녀가 무사한 이상 손을 씀에 망설일 이유가 없었다.
장원 안에 있는 구천신교의 무사는 모두가 적인 것이다.
그때 가솔들을 찾아 안심시킨 장막심과 양류한이 그가 있는 곳으로 달려왔다.
"아우, 왜 이곳으로 온 건가? 뭐 수상한 자라도 봤나?"
"별일 아닙니다. 일단 적부터 처리하고 보죠."
장막심과 양류한은 탐색하는 눈빛으로 사도무영을 바라보았다.

'수상한데…….'
'분명 뭔가 있어!'

　무당파 제자들과 정천맹 무사들이 담장을 넘은 지 일각이 지나자 싸우는 소리가 점점 잦아들었다.
　승산을 확신했는지 정천맹 무사들이 소리쳤다.
"팽 대협을 구해라!"
"놈들이 도망간다! 쫓아서 잡아!"
　악에 바친 자들은 도주하는 자들을 쫓아갔다.
　그 사이 장원에 남은 사람들이 팽기완을 창고에서 꺼냈다.
　팽기완은 살아있는 게 신기할 정도로 극심한 부상을 입은 상태였다.
　어깨 한쪽은 뒤로 꺾어져 축 늘어졌고, 가슴과 배, 다리는 물론이고 등과 얼굴도 온통 상처로 얼룩져 있었다.
　살아있는 증거는 겨우 심장이 뛰고 있다는 정도. 하지만 그나마도 너무 약해서 언제 끊어질지 모를 정도였다.
　하긴 오죽했으면 별다른 제재도 가하지 않고 창고에 넣어 놨을까.
　팽도산이 급히 팽기완의 몸에 진기를 주입하며 소리쳤다.
"기완아! 정신 차려라!"
　단전의 기운마저 완전히 흩어진 상태였다. 이대로 단전이 폐쇄되면 지금까지 수십 년 고련하며 익힌 것이 수포로 돌아간다는 말이다.
무인에게 그것은 죽음과 다름없었다.

사도무영은 어수선한 틈을 타 송영도장을 찾아갔다.
송영도장은 검을 든 채 피바다가 된 장원 한쪽에 서 있었다.
"도장님, 이제 우리는 여기서 헤어져야 할 것 같습니다."
"가겠단 말인가? 자네들의 공이 가장 큰 걸로 아는데 그냥 가면 어떡하는가? 더구나 여기는 자네 장원이라면서?"
장막심이 장난처럼 툭 한마디 던졌다.
"그 공, 도장님이 다 가지슈."
"하지만……."
사도무영이 담담히 웃으며 말했다.
"정 저희들 공이 크다 생각하시면, 무당에 남은 만소개나 잘 돌봐주십시오. 그리고 이곳은 당분간 무당파와 정천맹에 맡겨 놓겠습니다. 집세는 나중에 따로 받도록 하죠."
"그러면야 고맙지만……."
"나중에 다시 뵙지요. 그럼."
"이, 이 사람아!"
하지만 사도무영은 송영도장이 부르는 소리를 듣지 못한 척 뒷마당을 통해서 운양장을 빠져나갔다.

3.

 운양장을 떠난 사도무영은 곧장 양번으로 향했다.
 아직 약속한 날이 이틀 가까이 남았다. 하지만 정천맹 본진도 움직일 것이 분명한 터. 지켜보고만 있을 수는 없었다.
 '양번으로 들어가면 보다 정확한 정황을 알 수 있겠지.'
 그렇게 남동쪽으로 향한 지 얼마나 되었을까. 동틀 무렵이 되자 눈에 익은 관도가 나왔다. 조화설을 태우고 동정호로 갈 때 지났던 길이었다.
 그 길을 따라서 걷다 보니 당장 조화설의 얼굴이 떠올랐다.
 '화설 누이는 잘 지내겠지?'
 보고 싶었다. 너무 보고 싶어서 '그냥 이대로 동정호까지 달려갈까?' 그런 생각이 들 지경이었다.
 '그곳은 여기보다 남쪽이니 더 따뜻할 거야.'
 어쩌면 벌써 꽃이 피었을지도…….
 '조금만 기다려요, 화설 누이.'

 양번으로 들어가면 자신을 알아보는 자가 있을지도 모르는 일. 사도무영은 염황적이 했던 방식대로 얼굴의 근육과 관절을 만져서 형태를 살짝 바꾸었다. 그리고 수라도를 헝겊으로 감싸자 완전히 딴 사람처럼 보였다.
 변용술을 써보는 건 처음으로 해보는 것이어서 미숙했지만,

그럭저럭 남의 눈을 속일 정도는 되었다.

장막심과 양류한은 사도무영이 바뀌는 모습을 눈 한 번 깜박이지 않고 빤히 바라보았다.

'혹시 저 못생긴 얼굴이 진짜 얼굴 아닐까?'

그렇게 생각하면서.

사도무영은 양류한의 얼굴도 자신처럼 바꿔버리고 싶었다. 너무 표가 나니까.

하지만 변용술에 초보인 그가 잘못 손댔다가 양류한이 영원히 제 얼굴을 되찾지 못하게 되면 큰일이었다.

장막심이야 그 얼굴이 그 얼굴이니 별 탈이 없겠지만.

"형님도 살짝 바꿔드릴까요?"

장막심은 얼굴을 뒤로 빼며 불안한 표정을 지었다.

"굳이 그럴 필요가 있을까? 구천신교 놈들은 나를 잘 모를 텐데……."

"저도 모를 겁니다."

양류한이 재빨리 덧붙였다.

하긴 구천신교의 무사들 중 장막심과 양류한의 정체를 알아보는 사람은 많지 않을 것이었다.

기껏해야 운양장에 쳐들어왔던 놈들 정도?

'양번이라면 변장도구를 취급하는 곳이 있을지 몰라. 나중을 생각해서라도 한 번 알아봐야겠군. 혹시 알아? 인피면구를 파는 곳이 있을지.'

4.

양번은 분위기가 확연히 달라져 있었다.

하긴 그럴 수밖에 없었다. 수백 년간 양번과 양양 일대를 다스리던 제갈세가가 몰락하고, 마도의 종주라는 구천신교가 득세한 상황이 아닌가.

그간 제갈세가를 공공연하게 비호하던 군과 관조차 번천지복의 변화에 고개를 돌리고 침묵했다.

잘못 말려들면 자신들의 목숨이 날아갈 터. 그들은 자신들의 목숨을 지키기에 바빴다.

그 사이, 구천신교는 눈치만 보고 있는 그들에게 엄청난 황금을 던져주고 자신의 편으로 끌어들였다.

자신들이 원하는 것은 강호! 군과 관과 부딪칠 이유가 없다면서.

덕분에 군과 관이 황궁에 올린 보고문에는 짤막한 내용만이 적혔을 뿐이었다.

근자의 소요는 단순히 강호무뢰배들의 세력다툼일 뿐이었습니다. 심려 마소서!

그들이 돈을 쓴 것은 군과 관만이 아니었다. 그들은 양번의 빈민들에게도 엄청난 돈을 풀었다. 그래봐야 결국 제갈세가에서 나온 게 대부분이지만.

어쨌든 그로 인해서 양번의 빈민들은 구천신교에 대해서 별다른 반감을 갖지 않았다.

오히려 그들은, 그동안 자신들의 욕심만 챙겼다며 제갈세가를 욕했다.

그리고 제갈세가가 무너진 지 팔일이 지난 지금은, 제갈세가를 지지하는 자와 구천신교를 지지하는 자가 심심치 않게 길거리에서 싸우는 판이었다.

사도무영 일행은 양번으로 들어서며 그러한 변화를 바로 감지했다.

장막심이 혀를 내두르며 구천신교의 교활함을 욕했다.

"얼마 되지도 않았는데, 그 사이 민심을 이 정도로 흔들어 놓다니. 정말 여우보다 더 교활한 놈들이군."

"저들은 강호의 일반적인 문파가 아닙니다. 사교에 가까운 종교 세력이죠. 그러니 사람의 마음을 움직이는 방법에 일가견이 있을 수밖에요."

"제갈세가도 재수 더럽게 없군. 하필 저런 자들에게 터전을 빼앗겼으니……."

장막심의 말이 과히 틀린 것도 아니었다. 되찾기도 그만큼 어렵고, 설령 되찾는다 해도 과거의 영광을 기대하기는 당분간 힘들 게 뻔했다.

사도무영은 씁쓸한 마음으로 주위를 둘러보았다.

강가에 늘어선 배들이 보였다. 제갈신운의 말대로라면 근처 어딘가에 만상루가 있어야 했다.

사도무영 일행이 주위를 살피며 걷자, 사람들이 세 사람을 힐끔거렸다.

태풍의 눈으로 떠오른 양번에는 최근 들어 수많은 무인들이 몰려들고 있었다. 그 중에는 사마도의 거물도 있었고, 정파의 간세들도 있었다. 하지만 뭐니 뭐니 해도, 이 기회에 한 건 잡아보고 싶어 몰려든 낭인들이 가장 많았다.

사도무영 일행의 겉모습은 그런 낭인들과 별다르지 않았다.

그런데 문제는 양류한이었다. 아마 여자들은 양류한이 거적을 걸쳤어도 쳐다봤을 게 분명했다.

"양 아우의 얼굴을 바꿀 걸 그랬어."

장막심은 주위의 눈길이 부담스러운지 모든 책임을 양류한에게 떠넘겼다.

양류한도 지지 않았다.

"아마 저보다는, 형님이 혹시 산적이 아닌가 싶어서 보는 걸 겁니다."

말도 안 되는 소리!

장막심이 눈을 부라리며 말했다.

"나처럼 순하게 생긴 산적도 있나?"

으르렁! 멍멍!

장막심이 인상을 쓰자 지나가던 개가 짖었다.
양류한이 기회를 잡았다는 듯 한마디 했다.
"개도 아나 봅니다."
장막심은 개를 노려보았다.
"눈이 삔 똥개새끼가 어디서 짖어?"
개는 꼬리를 말고 쪼르르 집 안으로 들어가더니, 머리만 내놓고 짖었다.
장막심은 슬그머니 허리를 숙이고는 자갈을 하나 주웠다.
"내 저 똥개를 그냥······."
그때 뒤쪽에서 구천신교의 순찰무사들이 다가왔다.
그들은 장막심이 개와 싸우는 걸 보고는 혀를 찼다.
"쯔쯔쯔, 무사라는 놈이 개와 싸우다니. 정말 웃기는 놈이군."
움찔한 장막심이 눈을 치켜뜨고 고개를 들었다.
엉뚱한 일이 벌어지기 전에 사도무영이 재빨리 나서서 장막심을 재촉했다.
"형님, 그만 하고 가시죠."
장막심도 앞뒤 구분 못할 정도로 무모하지는 않았다.
그는 뒷머리를 긁적이며 자갈을 한쪽으로 던지고 몸을 돌렸다.
"가세. 저 개새끼도 배가 고파서 신경이 날카로운 거 같군."
뒤에서 웃음소리가 들렸다.
"크크크, 진짜 웃기는 놈이네. 개를 꼭 사람 대하듯 하는군."
장막심은 씩 웃으며 걸음을 옮겼다.

'바보 같은 놈들. 네놈들은 저 개새끼만도 못해, 이놈들아. 저 개새끼는 이 어른을 알아보는데, 네놈들은 못 알아보잖아.'

제2장
만상루(萬象樓)와
무영귀자(無影鬼者)

1.

사도무영이 만상루를 찾은 것은 선창 북쪽 끝을 샅샅이 뒤진 후였다.

그는 처마 밑에 매달린 조그마한 현판을 바라보았다.

현판의 길이는 기껏해야 두 자 정도. 그나마도 주사로 쓰인 '만상루(萬象樓)'라는 붉은 글씨는 여기저기 떨어져 나가서 읽기조차 힘들었다.

하지만 그것도 현판이 걸려 있는 건물에 비하면 양호한 편이었다.

사도무영은 금방이라도 쓰러질 것 같은 작은 목조건물을 보고 한숨을 내쉬었다.

"후우, 이름이 그럴 듯해서 제법 큰 누각인 줄 알았는데……."

설마 세 사람이 들어가자마자 쓰러지는 것은 아니겠지?

장막심도 걱정되는지 사도무영에게 넌지시 물었다.

"아우, 여기가 정말 우리가 찾는 곳인가?"

"일단은 그런 것 같습니다. 안에 사는 분을 만나봐야 더 정확한 걸 알겠습니다만."

사도무영은 심호흡을 한 번 하고 문을 두드렸다.

땅땅땅.

세게 두드리면 부서질 것 같아서 최대한 조심하며 두드렸다.

얼마나 지났을까. 안쪽에서 인기척이 나는가 싶더니, 경첩이 비명을 질러대며 문이 열렸다.

끼이이익!

세 사람은 열린 문 안쪽을 바라보았다.

바로 그때, 정말 구슬처럼 생긴 동그란 얼굴이 모습을 드러냈다.

나이는 오십 전후?

얼굴만 동그랗게 생겼을 뿐 몸매는 오히려 빼빼했는데, 어쩌면 그래서 더 이상하게 보였다.

"누구셔?"

"저, 여기가 한씨 성을 쓰는 분이 사시는 곳입니까?"

"한씨? 이 동네에 한씨가 어디 하나둘인가? 아마 다 합하면

백 명도 넘을 걸?"

동그란 얼굴의 주인은 사도무영 일행이 무기를 지니고 있는데도 일체 겁먹은 표정이 아니었다. 간덩이가 큰지, 아니면 내력을 안으로 숨긴 고수인지 몰라도.

사도무영이 다시 물었다.

"백유의 주인이 보냈다고 하면 안다고 하시던데요?"

동그란 얼굴의 주인이 기다란 눈을 깜박였다.

"처음부터 그렇게 말하지, 왜 한씨를 찾은 거야?"

"그분이 한씨를 찾으라고 해서……."

"멍청한 놈."

동그란 얼굴의 주인은 그 말을 내뱉고 문을 활짝 열었다.

자신에게 한 소릴까, 아니면 제갈신운에게 한 소릴까?

담담한 표정으로 바라보는 걸 보면 자신에게 한 소리가 아닌 것 같고, 원래 표정 변화가 없었던 걸 떠올리면 자신에게 한 것처럼 보이기도 했다.

"뭐하나? 안 들어올 건가?"

사도무영이 머뭇거리자 동그란 얼굴의 한씨가 재촉했다.

사도무영은 어깨를 으쓱 추켜올리고 안으로 들어갔다.

장막심과 양류한이 뒤따라 들어가며 한씨를 보고 고개를 갸웃거렸다.

한씨가 두 사람을 흘겨보며 말했다.

"이것들은 또 왜 이래?"

사도무영은 그제야 확신했다.
'멍청한 놈!' 그것은 자신에게 한 소리라는 걸.

건물 안쪽은 생각보다 튼튼했다. 억지로 기둥을 잡아 뽑지 않는 한 쉽게 무너지지는 않을 듯했다.
"앉아, 집 안 무너지니까."
한씨가 의자를 가리키며 말했다.
사도무영 일행이 의자에 앉자 한씨는 직접 찻주전자를 들어 차를 따랐다.
차맛을 본 사도무영은 의외라는 표정을 지었다.
"좋은데요?"
기분이 좋은지, 한씨의 표정이 눈곱만큼 변했다.
"그래, 그 친구는 언제 온다든가?"
"내일 오후에 만나기로 했습니다."
"내일 만나기로 했다고?"
"그렇습니다."
"그런데 뭐 하러 이렇게 빨리 온 건가?"
"알아볼 게 있어서요."
"섣불리 움직이다 놈들 눈에 띄면 큰일 나. 신운이 올 때까지 그냥 여기 처박혀 있게."
"걱정 마십시오. 저들은 저를 어떻게 할 수 없으니까요."
"훗, 크크크크, 네가 무슨 대단한 고수라도 되는 줄 아는 모양이지? 이놈아, 어제만 해도 너처럼 자신만만하게 돌아다니다가 다섯 놈이 죽었어. 그 중 하나가 누군지 알아? 당가에서 힘 좀 쓴다는 당안종이야. 그런 놈도 죽어나가는 판인데, 네가 무슨 재주로?"

장막심이 힐끔 한씨를 쳐다보며 중얼거렸다.

"당안종 열이 있어도 아우의 털끝 하나 건드리지 못할 텐데, 별 걱정 다 하네……."

한씨는 조소를 지으며 툭 쏘아붙였다.

"미친놈, 네 아우가 북궁조나 동방경만큼 대단한 고수라도 된다더냐?"

"하, 하, 하!"

장막심이 어깨를 떡 펴고 대소를 터트렸다. 그러고는 고개를 쑥 빼고 속삭이듯이 말했다.

"북궁조? 그놈도 혼자서는 내 아우와 싸우려고 하지 않소. 아셨소?"

"에라이, 이놈아. 헛소리 그만해라. 거짓말도 정도껏 해야지 원……."

"이 양반이 속고만 살았나?"

사도무영은 두 사람의 말다툼을 담담한 눈으로 바라보았다.

그러다 장막심이 씩씩거리며 자신을 바라보자 슬쩍 거들어 주었다.

"형님은 거짓말을 하지 않았습니다."

한씨는 사도무영의 말도 믿지 않았다. 아마 그가 아닌 누구도 믿지 못할 것이었다.

"크크, 웃기는 놈들이군. 그럼 네놈이 사영인가 뭔가 하는 놈이라도 된단 말이냐?"

"절 아시는군요."

"엉?"

한씨는 고개를 모로 꼬고 이마를 찌푸렸다. 신기한 것은, 머리가 반쯤 기울어졌는데도 여전히 동그랗게 보인다는 것이었다. 눈과 귀와 코, 입만 옆으로 기울어졌을 뿐.

"그럼…… 네가 진짜냐 가짜냐 소문이 무성한 사영이란 말이냐?"

"그렇습니다."

한씨의 얼굴이 울상이 되었다.

"죽었다는 소문이 있던데?"

"죽을 뻔했지요."

"빌어먹을. 돈 날렸군."

"예?"

"신운과 내기를 했거든. 나는 '죽었을 거다'에, 그 친구는 '절대 죽을 사람이 아니다'에 걸고 열 냥 내기를 했단 말이다. 제기랄!"

'그래서 울상을 지었나?'

사도무영은 '한씨'의 정체가 궁금했다.

천하에서 제갈신운의 이름을 서슴없이 부를 만한 사람이 몇이나 될까?

가문의 어른이 아닌 이상 그리 많지는 않을 것이다.

"뉘십니까?"

"나? 그 친구가 말하지 않았나?"

"믿을만한 분이라고 하시면서, 가보면 알 수 있을 거라고 하시더군요. 완전히 믿으려면 이름 정도는 알아야 하지 않겠습니까?"

꼭 그렇게 말하진 않았다.

하지만 뭐 어때? 당장 확인할 수 있는 것도 아닌데.

한씨는 떫은 표정으로 입맛을 다시더니, 할 수 없다는 듯 자신의 이름을 말했다.

"나는 한상이라고 하네."

순간 장막심이 눈을 크게 떴다.

"무영귀자 한상? 당신이?"

무영귀자(無影鬼者) 한상.

중원을 통틀어 정보수집에 관한한 세 손가락에 든다는 자. 그에 대해선 소문만 무성할 뿐 실체를 봤다는 사람이 거의 없었다.

그러다 십 년 전부터는 아예 모습 자체를 드러내지 않아서, 어딘가 비밀스런 곳에 들어갔다가 죽었을 거라는 게 통설이었다.

한데 양번에 살고, 제갈신운과 친하게 지내고 있을 줄이야.

"미처 몰랐군요. 소문으로만 듣던 한 대협께서 이곳에 계셨다니."

"큿, 몇 번 죽을 뻔한 위기를 넘기고 나니까, 이것저것 다 싫어지더군."

하지만 제 버릇 남 주랴?

사도무영은 한상이 결코 얌전히 있지만은 않았다는 것에 모든 것을 걸 수 있었다.

'몇 번'이라면, 죽을 뻔하고도 계속 그 일을 했다는 말이 아닌가 말이다.

"잘 됐군요. 마침 몇 가지 알아볼 것이 있었는데……."

"나 손 끊었다니까?"

"간단한 겁니다."

"글쎄, 간단한 거고 복잡한 거고, 이제 정보일은 하지 않아."

"정천맹이 곧 한수를 건너겠죠?"

"그야 그러겠지. 좌우간 나에게 일 시킬 생각 말게."

"구천신교도 바짝 긴장하고 있을 텐데, 남장에 있던 자들까지 모두 몰려왔겠죠?"

"당연한 일이 아닌가? 이제 그만 묻게. 물어도 대답해줄 게 없으니까."

"정천맹에 아직도 벽검산장 무사들이 함께 있을 거 같은데요."

"있다더군. 그만 물으라니까?"

"정천단은 완전히 갖춰졌는지 모르겠습니다."

"반은 모였다고 들었지. 이제 진짜 더 이상은 아는 게 없네."

"정체가 알려지지 않은 고수들이 있었다는데, 누군지 아십니까? 한 대협이라면 아실 거 같습니다만."

"대정천인 거 같아. 뭐 확실하지는 않지만. 어쨌든 그만 묻게. 더 아는 것도 없으니까."

대정천?

'역시 그들이 나왔군. 가만, 그럼 혹시 제갈 대협이 만나려는 사람이……?'

그럴 가능성이 컸다. 제갈신운이 비록 대정천에 대해 말한 것은 없지만, 그 나름대로 짐작 가는 게 있었다.

제갈신운의 내부에 웅크리고 있는 거대한 힘. 그것은 결코 제갈세가에서 얻을 수 없는 것이었다. 당금 천하에서 그만한 힘을 얻을 수 있는 곳은 밀천십지뿐.

물론 아주 특별한 기연을 만난다면 가능할 수도 있지만, 그럴 가능성은 밀천십지와의 인연보다 열 배는 더 힘들었다.

사도무영은 한상을 지그시 쳐다보았다.

"구천신교도 대정천이 세상으로 나왔다는 것을 알 거라고 보십니까?"

"내가 그들의 마음을 어떻게 알겠나? 그래도 뭐 짐작은 하겠지."

"정천맹 수뇌부에 구천신교의 간자가 있지요. 아마 정천맹이 알고 있다면, 구천신교도 알고 있을 겁니다."

한상의 표정이 처음으로 급변했다.

"정천맹 수뇌부에 구천신교의 간자가 있다고? 자네가 그걸 어떻게 아나?"

사도무영은 수라곡에 들어갔을 때의 이야기를 해주었다.

"저들은 정천맹이 세운 비밀계획을 미리 알고 있었습니다. 그 정도 정보를 알고 적에게 미리 건네주려면, 적어도 정천오당이나 멸마십이대의 주인쯤 되어야 할 겁니다."

한상도 더 이상 버티지 못하고, 서서히 사도무영의 이야기에 끌려들어갔다.

"으음, 어쩐지 독에 구멍이 난 것처럼 보이더라니……."

"문제는 앞으로입니다. 이번에도 저들이 정천맹의 공격계획을 속속들이 모두 알고 있다면, 정천맹은 또 한 번 실패를 맛볼 수밖에 없을 겁니다."

"골치 아프게 되었군."

"그렇다고 해서 방법이 아예 없는 것은 아니지요."

"공격을 중단시키잔 말인가?"

"그래봐야 상처가 곪는 게 잠시 미루어지는 것일 뿐, 본질적인 치유책이 되지 못합니다."

"그럼……?"

"그 일을 진행시키기 위해서 한 대협이 좀 도와주셔야겠습니다."

"내가? 내가 뭔 힘이 있다고?"

"그동안 놀고만 있지는 않았을 것 아닙니까?"

"그거야……, 나도 먹고 살려다 보니까……."

"정천맹과 구천신교의 전쟁에서 승패를 뒤집을 정도의 공을 세운다면, 세상이 한 대협을 달리 볼 것 같은데……. 어떻게 생각하십니까?"

"으응? 험! 나는 공 같은 건 신경 쓰는 사람이 아닌데……. 그래도 뭐 크게 나쁠 것은 없겠지. 험험!"

한상은 무욕의 경지에 이른 사람처럼 말했다.

하지만 말만 그럴 뿐, 이미 가슴속에선 영웅이 되었을 그날을 그리고 있었다.

강호를 좌지우지할 역할을 한다는 것! 그거야말로 정보를 다루는 자들의 꿈이 아니던가.

사도무영은 그런 한상의 마음을 간파하고 넌지시 제의했다.

"좋습니다. 그럼 저와 함께 일을 한 번 꾸며 보지요."

"정말…… 좋은 계획이라도 있나?"

그 사이, 장막심과 양류한은 당연히 그렇게 될 줄 알았다는 듯 놀라지도 않고 차를 두 잔이나 비웠다.

'정말 괜찮은 차군.'

'우리 집에 있는 것보다 나은 것 같아.'

한 시진 후.

대충 이야기가 끝나자 사도무영이 한상에게 부탁했다.

"남들이 알아볼지 모르니 모습을 좀 바꿀까 합니다. 변용물품을 파는 곳 좀 알려주시죠. 인피면구를 파는 곳이면 더 좋겠습니다만."

한상이 별 걱정 다한다는 듯 말했다.

"내가 누군가? 그런 것은 나에게 맡기게."

그는 무영귀자. 그림자도 남기지 않는 귀신이라 불리는 자다. 변용과 변신에 대해선 천하에서 둘째가라면 서러운 사람.

"어디 얼굴 좀 자세히 볼까? 인피면구를 최대한 표 안 나게 쓰려면 얼굴 형상이 비슷해야 한다네."

사도무영은 일단 손봤던 얼굴 근육을 풀었다. 그걸 보고 한상의 눈이 커졌다.

"호오, 대단한데? 그런 변용술이면 인피면구가 필요 없겠는걸?"

"오래 놔두면 근육이 굳어버리는 수가 있다고 했습니다. 아직 익숙하지도 않고요."

"그거 아깝군. 제대로 쓰면 아주 멋진 변용술이 되겠는데 말이야. 좌우간 어디 자네가 쓸 만한 것이 있나 한 번 찾아볼까?"

"여기 두 분이 쓸 것도 필요합니다."

한상의 눈이 양류한을 향했다.

"저 친구는 얼굴을 가리기가 너무 아까운데……."

양류한이 움찔하며 눈을 치켜떴다.

사도무영이 재빨리 나서서, 혹 일어날지 모를 소란을 미연에 방지했다.

"그래서 더 필요하지요."

"하긴⋯⋯. 잠시만 기다리게."

한상은 다시 한 번 양류한의 얼굴을 아깝다는 표정으로 쳐다보고 안쪽으로 들어갔다.

그리고 잠시 후, 상자 하나를 가지고 돌아왔다.

그는 상자를 열고는, 매미날개처럼 얇은 가죽을 조심스럽게 들어냈다.

"아마 강호에서 이런 인피면구를 가지고 있는 사람은 두어 명밖에 없을 거네. 사람의 얼굴가죽으로 만든 것보다는 못하지만, 내가 특별하게 손을 봐서 거의 차이가 없지. 거기다 최고의 전문가인 내가 손을 쓰면, 아마 친혈육도 알아보지 못할 거네. 하, 하, 하. 내 장담하지."

사도무영의 귀에는 그 말이, '이거 무지 비싼 거라네.' 그렇게 들렸다.

그리고 사실이 그랬다.

"하나에 은자 오십 냥은 받아야 하는데, 신운이 소개한 사람이니 세 장에 백 냥만 받겠네. 사실 백 냥이면 나도 남는 게 없다네."

은자 백 냥이면 쌀이 백 섬이다. 장막심이 입술을 씰룩거리며, 속으로 '도둑놈'이라고 말할 만했다.

그러나 꼭 필요한 물건인 만큼 돈이 문제가 아니었다. 정말 남는 게 없는지, 아니면 덤터기를 씌우는 것인지 그건 한상만이 알 일이고.

"돈은 걱정 마십시오."

한상은 한 건 했다는 기쁨으로 환하게 웃으며 말했다.

"어디 자네부터 얼굴을 바꿔볼까?"

2.

사도무영 등은 한상의 집을 나섰다. 들어갈 때와 많이 달라진 모습이었다.

사도무영은 그저 키가 남보다 큰 평범한 낭인이 되어 있었고, 장막심은 덩치 믿고 길거리에서 건들거리는 건달로 변해 있었다. 그리고 양류한은 이제 막 강호에 나온 애송이 검사처럼 보였다.

단지 얼굴 좀 손보고, 눈매 좀 다듬고, 머리와 옷매무새 정도만 바꾸었는데도 사람이 완전히 달라져 버린 것이다.

그래서 그런지, 장막심을 보고 짖었던 개도 이번에는 혀를 내밀고 꼬리를 흔들었다.

"자식, 한 번 봤다고 아는 체하는군."

사도무영과 양류한은 힐끔 장막심을 쳐다보았다.

그게 아는 체하는 걸로 보이나?

선착장에는 구천신교의 순찰무사로 보이는 자들이 제법 삼엄한 눈초리로 주위를 살피고 있었다.

사마도의 고수와 수많은 낭인들이 양번으로 몰려드는 상황. 삼류낭인으로 보이는 사도무영 일행은 그들의 관심을 끌지 못했다.

그러나 순찰무사들 중 몇은 혹시나 하는 마음인지 사도무영 일행의 움직임을 따라 눈을 돌렸다.

장막심이 그들에게 들으라는 듯 큰소리로 투덜댔다.

"아우, 우리 밥이나 먹고 가세. 이거 등이 배에 붙기 직전이네."

"그럽시다, 형님. 어차피 어디 가도 밥 한 끼 주는 곳도 없으니 없는 돈으로라도 사먹어야죠."

"젠장, 우리 같은 낭인은 소용없다 그 말이지 뭐. 돌아가서 백정질이나 다시 해야 할까 보네."

구시렁대는 모습이 영락없이 삼류낭인들이다.

그나마 사도무영 일행을 주시하던 자들조차 피식거리며 관심을 끊었다.

그들은 삼류낭인을 붙잡고 쓸데없이 시간 보내느니 아리따운 여인네들의 흔들리는 엉덩이를 감상하는 게 더 즐거웠다.

"자식들, 그래도 덩치는 쓸 만하네."

"킬킬킬, 원래 별 볼일 없는 놈들이 덩치는 그럴 듯한 법이지."

"이, 이봐, 저기 저 여자 몸매 보게나. 죽이는데?"

"캬, 환희종파 계집들 못잖군!"
"으흐흐흐, 한 번 안아봤으면 좋겠군."
사도무영 등은 순찰무사들의 음담패설을 들으며 선착장을 벗어났다.

"그놈들, 사람 보는 눈이 저렇게 없으니 남들은 배 두드리고 있을 때 사람들이나 살펴보고 있지."
순찰무사들이 보이지 않자, 장막심은 순찰무사의 눈알을 후려 차듯이 자그마한 자갈 하나를 툭 찼다.
사도무영은 피식 웃으며 자갈이 날아가는 방향을 쳐다보았다.
'전에 저렇게 찼다가 염태충의 발에 맞았었……. 빌어먹을.'
딱!
휙 날아간 자갈은 객잔으로 들어가려던 구천신교 무사의 뒤꿈치를 정통으로 때렸다.
"아흑!"
어쩌면 그때와 그렇게 상황이 똑같은지, 사도무영의 입에서 절로 '빌어먹을' 소리가 나올 정도였다.
한데 어이없는 것은 그것만이 아니었다.
자갈에 맞은 자가 몸을 돌리는데, 다름 아닌 염태충이었다.
'미치겠군.'
"어떤 새끼야!"
홱 몸을 돌린 염태충이 인상을 험악하게 쓰며 소리쳤다.

얼굴로 한가락하는 염태충이다. 그 얼굴에 인상까지 쓰자, 장막심조차 움찔해서 큰소리로는 말을 못하고 작게 중얼거렸다.
"그 자식, 인상 더럽게 생겼네."
염태충이 비록 인상은 흉악하게 생겼어도 귀는 밝았다.
그는 손가락으로 장막심을 가리키며 버럭 소리쳤다.
"너! 방금 뭐라고 했어?"
'후우.'
한숨을 내쉰 사도무영이 재빨리 앞으로 나섰다.
"너 말고, 그 옆에 있는 곰 같은 놈! 이리 안 와!"
'아 씨발, 저것이 진짜……'
장막심이 발끈해서 눈을 부릅떴다. 마음 같아서는 작신 패 버렸으면 싶은데, 그럴 수 없는 게 한이었다.
'한 대 맞고 말지 뭐. 설마 죽겠어? 젠장!'
그 사이 사도무영이 염태충의 바로 앞까지 다가갔다.
"잠깐 이야기 좀 합시다."
"너는 필요 없다니까!"
"나요, 염 형. 잠깐 좀 따라오쇼."
"응? 네가 어떻게 나를……."
염태충은 뭔가 이상함을 느끼고 고개를 갸웃거렸다.
처음 보는 얼굴인데, 몸매는 어디서 많이 본 듯 눈에 익었다.
그때 사도무영의 전음이 염태충의 귓전으로 스며들었다.
『사영이오, 장로님께선 안녕하시오?』

염태충의 눈이 튀어나올 것처럼 커졌다.

"너……, 아니 당신……."

"쉿, 잠깐만 따라오시오. 할 말이 있으니까."

염태충은 언제 화를 냈냐는 듯 사도무영의 뒤를 졸졸 따라갔다.

그때 객잔 안에서 구천신교 무사 하나가 소리쳤다.

"엇? 염 조장님! 어디 가십니까?"

"먼저 먹고 있어라! 이놈들 좀 혼내주고 바로 갈 테니까."

"저희도 갈까요?"

"이깟 놈들 혼내는데 무슨! 걱정 마!"

"낄낄낄, 그놈들, 하필 걸려도 염라귀에게 걸리나 그래."

돌아선 염태충은 머쓱한 표정으로 씩 웃고는, 사도무영의 등덜미를 향해 손을 뻗으며 작게 속삭였다.

"보는 눈이 있으니까 이해하쇼."

그러고는 짐짓 화난 목소리로 크게 소리쳤다.

"너희들도 따라와! 도망치는 놈은 다리를 부러뜨릴 줄 알아라!"

한 대 맞을 작정을 한 장막심은 상황이 이상하게 흐르자 멍하니 사도무영의 뒤만 바라보았다.

양류한이 그런 장막심의 소매를 잡아끌었다.

"형님, 갑시다. 사도 형이 아는 사람인가 봅니다."

'휴우.'

인적이 없는 곳에 도착한 염태충은 사도무영의 옷을 놓고 머리를 긁적였다.
"미안하오."
　사도무영은 쓴웃음을 지으며 입을 열었다.
"그동안 잘 지냈소?"
　염태충은 사도무영의 얼굴이 다르다는 걸 이상하게 생각하지 않았다. 염황적이 완전히 엉망으로 만든 것을 본 적이 있었으니까.
　그에게는 눈앞에 있는 사람이 사영이라는 것. 그것만이 중요했다.
"하, 하, 하, 나야 뭐……. 그래, 사 형은 어떻게 지냈수? 대공자에게 죽었다는 소리가 들리던데."
"다 죽었다가 겨우 살아났소. 이제 염 형도 알겠지만, 나는 구천신교와 적이 되었소."
　적.
　그 말에 염태충이 결연한 눈빛으로 사도무영을 응시했다.
"나는 사 형을 적으로 생각하지 않소."
"정말이오?"
"나중에 서로 칼을 겨눌지는 몰라도, 솔직히 내 마음은 그렇소. 아마 숙부님도 그리 생각하실 거요."
　장막심이나 양류한은 이해할 수 없을지 몰라도, 사도무영은 염태충의 마음을 이해했다.

구천신교의 사람들 중 많은 이들이 죽음을 중요하지 않게 생각했다. 특히 일양교의 염씨 일가는, 힘이 없어 죽는 게 죄지, 죽이는 자는 죄가 없다고 생각하는 사람들이었다.

"순찰이 삼엄하군요."

"정천맹의 본진이 남양을 떠났다는 소식이 들어왔소. 그 일 때문에 제갈세가에 있는 본교의 고수들이 곧 강을 건너기 위해서 몰려올 것이니, 이곳을 떠나려면 빨리 가쇼."

뜻밖의 정보였다. 한상조차 아직 그 사실은 모르고 있을 것이 분명했다.

사도무영은 염태충을 담담한 눈으로 바라보았다. 적이라는데도 자신의 안전을 생각해주는 염태충이 고맙기만 했다.

"염 형, 구천신교를 떠날 생각은 없소?"

"하, 하. 내 부모도 구천신교 사람이고, 내 형제도 구천신교 사람인데 내가 어디로 가겠수?"

"현천종파가 강호를 제패하겠다고 세상으로 나온 것은 어떻게 생각하시오?"

염태충은 이마를 씰룩이더니 목에 힘을 주고 말했다.

"솔직히, 남자로 세상에 태어나 한 번쯤 품어볼만한 욕심이라는 생각이오. 세상을 거머쥔다. 피가 끓는 일 아니오?"

"그로 인해서 세상이 피로 뒤덮여도 말이오?"

"수천 년 동안 군주들은 나라를 세우겠다고 수많은 피를 흘렸잖소? 그들은 해도 되고 우리는 안 된다는 것도 우습죠. 그러다 죽으면 별수 없는 거고……."

"후우, 나중에 다시 만날 때는 웃으면서 보면 좋겠는데, 그리 될지 모르겠군요."

"제길, 사 형과 싸우긴 싫은데."

사도무영도 마찬가지였다. 하지만 염태충의 생각이 확고한 이상 어쩔 수 없었다. 그저 부딪치지 않기만 바라는 수밖에.

"이만 가봐야겠소. 돌아가거든 장로님께 내 말이나 전해 주시오."

"그러죠."

그때였다. 문득 한 가지 생각이 떠오른 사도무영은 돌아서려다 멈칫했다.

"아참, 수라곡이 벽검산장의 용검회 검사들에 의해 무너졌다는 건 알지요?"

"알고 있소."

"이런 말하면 어떻게 들릴지 모르지만, 북궁조와 벽검산장의 동방경이 서로 정보를 교환하는 것 같소. 어쩌면 이전부터 알고 지내던 사이일지도 모르겠다는 생각이오."

"응? 벽검산장은 수라곡을 멸망시킨 놈들인데, 그들이 왜 대공자와……?"

수라곡을 멸망시킨 자들이 용검회라는 것 때문에 복수의 기치를 내걸고 있지 않은가.

한데 사도무영의 말대로라면 모든 게 뒤죽박죽이 될 수밖에 없었다.
　사도무영도 그런 의도에서 꺼낸 말이었다.
　염태충은 염황적의 조카다. 그리고 염황적은 구천신교에서 과거 현천교를 따르던 사람이고. 잘만 하면 뜻하지 않은 힘을 얻을 수 있었다.
　"그래서 의문이오. 해서 나는 북궁조, 현천교가 왜 수라곡을 멸망시킨 자들과 사이좋게 지내는지, 자세히 알아볼 생각이오."
　염태충의 표정이 서서히 굳어졌다.
　"만일 그게 사실이라면, 절대 가만있지 않을 거요."
　"아무래도 역겨운 냄새가 풍기는 것 같소. 내 나중에 정확한 사실을 알게 되면 말해드리겠소."
　염태충이 굳은 얼굴로 고개를 끄덕였다.
　"꼭 말해주시오."

　사도무영은 염태충을 보내고 장막심을 돌아다보았다.
　딴 짓하며 어물거리고 있던 장막심이 머쓱하니 웃었다.
　"그 자식, 되게 재수 없네. 하필 내가 찬 돌에 맞을 게 뭐야?"
　"한 번이면 괜찮은데, 두 번이나 맞았으니 더 화가 났겠죠."
　"응? 나는 한 번밖에 안 찼는데……."
　"제가 전에 돌을 차서 그 사람 복사뼈를 맞췄거든요."
　장막심은 어이없는 표정으로 사도무영을 바라보았다.
　"진짜 재수 없는 놈이네."

양류한이 고개를 갸웃거리며 반박했다.
"제가 보기엔 재수가 좋은 사람 같은데요?"
"왜?"
"모르는 사람이었으면 죽었을 거 아닙니까?"
소란을 피하기 위해서라도.
"그, 그런가?"
사도무영이 피식 웃으며 두 사람을 재촉했다.
"그만 가죠. 다른 자들이 이상하게 생각할지 모르니까요."

사도무영 일행은 한수를 따라 내려가며 작은 조각배가 있는지 살펴보았다.
다행히 십 리쯤 내려가자 몇 척의 작은 배가 보였다.
사도무영은 그물을 정리하고 있는 어부에게 다가가 은자 한 냥을 내밀었다.
"강을 건네게 해주면 한 냥을 더 드리죠."
어부는 횡재한 표정으로 그물을 한쪽에 내려놓았다.
"타십쇼."

3.

한수를 건넌 사도무영 일행은 백하(白河)를 따라 동북쪽으로 이백 리 가량 거슬러 올라갔다.

날은 이미 어두워져서 그들이 신야현에 도착했을 즈음에는 유시를 지나 술시가 다된 시각이었다.

남양을 떠난 정천맹의 본진이 머물고 있는 곳. 신야는 긴장감으로 인한 적막이 마을 전체를 짓누르고 있었다.

사도무영 일행은 일단 객잔으로 들어갔다.

식사를 하는 것도 목적이었지만, 그보다는 정천맹 본진에 대한 소식을 듣기 위함이었다.

객잔 안의 손님 중 제법 많은 수가 무사들이었다. 대부분이 낭인들이었는데, 양번에 모인 낭인들이 구천신교에 들어가려는 자들인 반면, 이들은 정천맹에 몸을 의탁하려는 자들이었다.

사도무영 일행은 한쪽에 앉아서 간단하게 음식을 시켰다. 그러고는 주위에서 들리는 말에 귀를 기울였다.

마침 바로 옆에서 낭인들의 목소리가 들렸는데, 그들의 대화중에 괜찮은 정보가 들어 있었다.

"날이 새면 풍운보(風雲堡)에 가보자고. 혹시 알아? 우리를 받아줄지."

"제길, 큰소리치고 집을 나온 지 벌써 삼 년이 넘었어. 정천맹의 말단무사라도 되어야 체면이 설 텐데."

"고진감래(苦盡甘來)라 하지 않던가? 그동안 노력했으니 하늘도 외면하지 않을 거네. 힘을 내자고."

이십 대 중반으로 보이는 자들이었다.

외모로 봐선 다른 낭인이나 별 다를 게 없지만, 눈빛이 제법 맑고 힘이 있어 보였다.

사도무영은 그들의 말을 듣고 동변상련을 느끼지 않을 수 없었다.

'저들도 성공하겠다는 일념으로 집을 나왔나 보군.'

자신처럼 어머니 때문에 아버지와 함께 도망치지는 않았겠지만.

그때 장막심이 그들 쪽에 대고 넌지시 물었다.

"이보쇼, 정천맹이 풍운보에 있수?"

세 사람 중 목이 유난히 긴 자는 장막심을 재빨리 훑어보았다.

'세상이 시끄러우니 건달까지 몰려드는군. 저런 놈들에 비하면 우리야 양반이지.'

그는 장막심에 대한 판단을 마치고 목에 힘을 주었다.

"그렇소. 혹시 정천맹에 들어가려고 왔소?"

"그렇수. 내 마누라를 훔쳐 간 놈이 구천신교에 들어갔는데, 그놈을 잡으려면 아무래도 정천맹에 들어가야 할 거 같아서 왔수. 보아하니 당신들도 정천맹에 들어가려고 온 모양인데……."

'풋, 섭 형님이 들으면 뭐라고 할지 모르겠군.'

사도무영은 터지려는 웃음을 참고 고개를 저었다. 양류한은 포기했다는 듯 소리 없이 한숨을 쉬고.

그때 머리를 말꼬리처럼 묶은 자가 차가운 말투로 입을 열었다.

"정천맹에선 아무나 받지 않소. 무공이 약한 자는 구천신교의 말단무사도 상대할 수 없으니까 말이오."

"그건 당신들이 걱정해주지 않아도 돼. 우리가 알아서 할 테니까."

"나 역시 참견하고 싶지 않소. 걱정되어서 그러는 것뿐."

"그거 고맙구만. 그런데 오면서 들으니까, 정천맹이 내일 떠난다고 하던데, 정말이우?"

"정천맹이 언제 움직일지는 잘 모르겠소. 그것도 비밀이라면 비밀이랄 수도 있는데 정천맹이 사방에 소문내겠소?"

"하긴……. 좌우간 한 번 가보긴 해야겠는데, 풍운보가 어디에 있수?"

"북쪽으로 오 리 정도 가면 산 밑에 큰 장원이 있소. 거기가 풍운보요. 가보는 것은 말리지 않는데, 어지간하면 들어가겠다고 고집피우지 마쇼. 낭인은 받아주지 않으니까."

"뭐 가보면 알겠지."

장막심은 고개를 끄덕이고 엽차로 목을 축였다.

식사를 마치고 객잔을 나온 사도무영 일행은 풍운보로 향했다.

낭인들의 말대로, 마을을 벗어나 오 리 가량 북쪽으로 올라가자 커다란 장원이 보였다.

"정지!"

정문을 지키던 위사들이 앞을 가로막았다.

"무슨 일로 왔소?"

위사는 차마 반말로 쏘아붙이지는 못하고, 눈살을 잔뜩 찌푸린 채 물었다.

사도무영이 담담한 어조로 대답했다.

"군사를 만나러 왔소."

낭인으로 보이는 자들이 군사를 만나러 왔을 거라고는 생각지 못한 듯 위사의 눈이 커졌다.

"군사님을?"

"그렇소. 가셔서 백유의 주인이 보내서 왔다고 말씀드려 주시오."

위사는 당혹한 표정으로 동료를 쳐다보았다.

앞에 있는 낭인이야 별 볼일 없었다. 문제는 낭인이 누군가의 심부름을 온 것처럼 보인다는 것이다.

처음에 말을 건 위사의 동료가 의견을 제시했다.

"일단 보고를 올려보자고."

그러고는 사도무영을 노려보았다.

"만일 거짓이면 가만두지 않을 것이오."

"가서 보고나 올리시오. 여기서 기다리고 있을 테니까."

잠시 후. 위사는 안으로 들어갈 때와 달리 당황한 표정으로 달려 나왔다.

"군사께서 안으로 모시라 하셨소. 따라오시오."

사도무영은 그를 따라 풍운보 안으로 걸음을 옮겼다.

장막심이 뒤를 따라가며, 멀뚱히 쳐다보는 위사의 어깨를 툭툭 쳤다.

"그럼 수고하시게."

그냥 가면 좀이 쑤시나?

양류한은 속으로 혀를 차며 장막심의 뒤통수를 노려보았다.

'쯔쯔쯔, 하여간. 나이를 어디로 먹었는지……'

제갈현종은 굳은 표정으로 방문을 바라보았다.

백유의 주인이라 했다. 그 말의 의미를 아는 사람은 몇 되지 않았다. 그리고 그도 그 중 하나였다.

'조카만 있었어도 세가를 그리 쉽게 빼앗기지는 않았을 것이거늘. 후우……'

그가 한숨을 내쉬는데 사람들이 다가오는 소리가 들렸다. 그리고 곧 경비무사가 안에 대고 말했다.

"정문의 위사가 손님들을 모시고 왔습니다. 안으로 들여도 되겠는지요."

"들여보내게."

"예, 군사. 모두 무기를 이곳에 내려놓고 안으로 들어가시오."

사도무영은 망설이지 않고 수라도를 풀어 내밀었다.

그러자 장막심과 양류한도 검을 풀었다.

덜컹.
사도무영은 문이 열리자 안으로 들어갔다.
'평범한 자들이군. 신운이 왜 저런 자들을 보낸 거지?'
그래도 제갈현종은 자리에서 일어나 사도무영 일행을 맞이했다.
"제갈현종이라 하네."
"만나 뵙게 되어 반갑습니다."
"신운이 보냈는가?"
"사실 제갈 대협이 보냈다기보다는, 제가 군사를 만나고 싶어서 찾아온 거지요."
제갈현종은 눈살을 찌푸리며 사도무영을 응시했다.
"그럼 신운이 보내서 온 것이 아니란 말인가?"
"중요한 것은 제갈 대협이 아니라 제가 왜 왔는가 하는 것이지요."
"그대가 나를 찾아온 이유가 아우에 대한 것보다 더 중요하다? 자신감인지 광오함인지 모르겠군."
"복잡하게 생각할 것 없습니다. 그에 대한 판단은 듣고 나서 내려도 될 일이니까요."
제갈현종은 싸늘한 눈빛을 발하며 사도무영을 직시했다.
평범한 낭인인 줄 알았다. 한데 말투로 봐서는 결코 평범한 자가 아니었다. 하긴 자신의 눈빛을 맞받고 아무런 표정변화를 보이지 않는 자가 평범한 자일 리는 없었다.

"내가 사람을 잘못 봤군. 좋아, 어디 말해보게."

"일단 저부터 소개하지요. 저는 사도무영이라고 합니다."

제갈현종은 의아한 표정을 지었다.

어디서 들어본 이름 같긴 한데, 아무리 생각해도 사도무영이라는 이름은 기억에 없었다.

왜 뜬금없이 이름을 말하는 걸까?

"이름을 말했을 때는 그만한 이유가 있겠지?"

"맞습니다. 감출 것 없이 터놓고 이야기하려면 아무래도 저의 모든 것을 보여드려야 할 것 같아서요."

제갈현종은 입술을 비틀며 피식 웃었다.

"훗, 자네 이름이 대단한 비밀이라도 되는 것처럼 말하는군."

"사실 강호에서 제 이름을 정확히 알고 있는 사람은 그리 많지 않습니다. 특히 정천맹에는 거의 없지요. 천유검 제갈 대협은 알고 있습니다만."

"하고자 하는 말이 무엇인가? 본론을 말해보게."

"그 전에, 저와 관계된 일에 대해서 당분간 비밀을 지켜주셨으면 합니다."

"그럴만한 가치가 있다면야 못할 것도 없지."

"좋습니다. 그럼 제가 온 목적을 말씀드리지요."

사도무영은 잠시 말을 멈추고 제갈현종을 바라보았다.

"군사께선 정천맹 수뇌부에 구천신교의 간세가 있다는 사실을 아십니까?"

"본 맹의 수뇌부에 간세가 있다?"

"그렇습니다. 그것도 상당한 지위에 있는 사람, 장로 이상이 아닐까 합니다만."

"허, 허허허. 지금 그 말을 나에게 믿으라, 그 말인가?"

"당연히 믿으셔야 합니다. 그렇지 않으면 구천신교와의 싸움에서 질 수밖에 없으니까요."

"하아, 어이가 없군."

제갈현종은 머리를 흔들었다. 자신이 왜 헛소리를 들어야 하는지 이해할 수 없다는 표정이었다.

"제 말을 못 믿으시겠습니까?"

"정천맹의 수뇌부를 의심하다니. 자네 지금 정천맹을 모욕하겠다는 건가?"

"제갈 대협은 제 말을 믿더군요. 그럼 그분도 정천맹을 모욕한 겁니까?"

"지금 말장난하자는 거냐?"

"저는 말장난하기 위해서 밤길을 달려온 게 아닙니다. 정천맹이 무너지면 구천신교를 막기가 그만큼 힘들어지니, 그런 상황을 미연에 방지하기 위해 온 것이지요."

"자네는 스스로를 대단한 사람인 줄 아나 보군."

잠자코 듣고 있던 장막심이 끝내 한마디 했다.

"빌어먹을, 군사라는 사람이 저렇게 말귀가 꽉 막혀서야 원……."

제갈현종이 발끈해서 소리쳤다.

"뭐라고? 이제 보니 미친놈들이 아닌가?"

"내가 미쳤는지 어쨌는지는 잘 모르겠지만, 군사가 멍청하다는 건 분명한 것 같소."

"뭐야? 네놈이 감히……!"

장막심도 지지 않았다. 아니 오히려 침을 튀기며 더 큰 소리로 쏘아붙였다.

"내 아우가 대단하냐고 물었소? 그렇소. 대단하지! 내 아우가 대단하지 않으면 어떤 놈이 대단한데? 정천맹에 내 아우를 이길 놈이 있어? 없을 걸? 마음만 먹으면 여기를 싹 쓸어버릴 수도 있는 사람이 내 아우요! 왜 이래 이거!"

사도무영은 고개를 설레설레 젓고는, 한숨을 쉬며 장막심을 말렸다.

"후우, 형님. 그만하십시오."

"왜? 구천신교 놈들이, 북궁조 그 자식이 제일 무서워하는 사람이 누구야? 아우잖아! 내 말이 거짓말이야? 제기랄! 보강에서는 실컷 구해줬더니 거꾸로 검을 겨누지 않나, 도와주려 왔더니 찬밥 취급을 하지 않나. 그만 가세, 아우!"

얼굴이 벌게져서 장막심을 죽일 듯이 노려보던 제갈현종의 눈빛이 잘게 흔들렸다.

그는 분노를 서서히 가라앉히고, 의아한 눈빛으로 사도무영을 바라보았다.

이 정도 소란이면 밖에 있던 경비무사들이 진즉 들어와야 했다. 아니면 비밀 호위무사가 나타나던가.

그런데 아무것도 모르는 것처럼 밖이 너무 조용하다.

문득, 사도무영이라는 청년의 몸에서 어른거리는 아지랑이가 이상하게 느껴졌다.

'설마……, 진기로 소리를 차단하고 있단 말인가?'

그때 양류한이 처음으로 입을 열었다.

"우리 아버지도 사도 형만큼은 인정했지요. 사도 형은 정천맹에서 이런 대접을 받을 이유가 없소."

장막심이 쓱, 양류한을 쳐다보고 고개를 끄덕였다.

"맞아, 낙산대호도 아우를 인정했다고 했지."

낙산대호!

그 이름이 나오자 제갈현종의 눈이 양류한을 향했다.

"자네 아버님이……, 낙산장의 주인인 낙산대호 양원정 대협이라고?"

양류한은 고개를 끄덕였다. 아버지를 좋아하진 않지만, 그렇다고 해서 부정할 마음은 없었다.

"그렇습니다."

제갈현종은 머리가 어지러워졌다.

자신도 모르게끔 진기로 소리를 차단하지 않나, 낙산대호가 아버지라고 하지를 않나.

그때 문득, 장막심의 말이 떠올랐다.

'구천신교와 북궁조가 가장 두려워하는 사람? 보강에서 구해줬더니 검을 거꾸로 겨눠?'

자신도 그런 사람이 하나 있다는 것은 알고 있었다.

'이름이 사영이라고 했지. 가만, 사도무영, 사영……. 혹시……?'

제갈현종이 튀어나올 것처럼 커진 눈으로 사도무영에게 물었다.

"혹시 자네가 사영…… 아닌가?"

"본 이름은 사도무영이지요."

"그럼 진즉 그 이름을 말할 것이지……."

"이름보다는 제가 온 이유가 중요한 것 아니겠습니까?"

은근한 질타.

제갈현종의 얼굴이 벌게졌다. 이번에는 분노가 아니라 부끄러움 때문이었다.

"세상이 하도 혼란스럽다 보니……. 이해하게나."

그는 어물거리며 사도무영에게 이해를 구했다. 그러고는 마치 장막심 때문에 이런 상황이 벌어진 것마냥 슬쩍 장막심을 걸고 넘어졌다.

"그나저나 성격이 열화 같은 형을 두어서 어려움이 많겠군. 나름대로 수양을 닦았다고 생각했는데, 하마터면 그런 나도 참지 못할 뻔했구먼."

장막심은 입을 삐죽이며 제갈현종의 뒤통수를 노려보았다.

'지미, 자기가 먼저 건드려 놓고 나만 뭐래. 그냥 확! 엎어 버려?'

그때 사도무영이 말했다.

"그게 형님의 멋이죠."

장막심은 흐뭇한 웃음을 지으며 턱을 쳐들었다.

'흐흐흐, 그럼, 그럼. 역시 아우뿐이라니까.'

사도무영은 말 한마디로 장막심의 마음을 달래고는 제갈현종과 간세에 대한 이야기를 나누었다. 소리는 진기로 철저히 차단한 채.

제갈현종은 조금 전과 달리 사도무영의 말을 신중하게 받아들였다.

"정말 간세가 있다고 보나?"

"있습니다. 그렇지 않다면 정천맹의 비밀계획이 그들에게 바로 알려지지 않았을 것입니다."

"아무리 그래도 본 맹의 장로급 인사라니……."

도저히 믿을 수가 없었다. 만일 사실이라면 독에 커다란 구멍이 나있다는 말이 아닌가 말이다.

"색출을 하는 것만으로 끝나선 안 됩니다. 놈을 역이용해서 저들에게 타격을 가해야 합니다. 지금으로선 그것만이 일거에 구천신교의 힘을 약화시키고 뿌리를 뽑을 수 있는 방법이지요."
"으음, 그렇게만 된다면 더할 나위 없겠지."
제갈현종은 미간을 찌푸린 채 한참을 고민했다.
하지만 아무리 생각해도 결론은 하나뿐이었다.
"좋아, 한 번 해보세."

사도무영과 제갈현종은 그 자리에서 계획을 세워보았다. 그러나 몇 마디 나누기도 전에 제갈현종은 고개만 끄덕였다.
그보다 사도무영이 뛰어나서 그런 것이 아니었다.
사도무영은 이곳으로 오면서 나름대로 몇 가지 계획을 생각해 본 터였다. 그리고 그 중 가장 확실해 보이는 한 가지를 제갈현종에게 내밀었는데, 제갈현종이 듣기에도 적절한 계획처럼 들린 것이다.
"그게 괜찮겠군. 그렇게 하기로 하세."
"이번 일은 아는 사람이 적을수록 좋습니다. 군사께서 진정으로 믿고 상의할 만한 분들은 어떤 분들이 있습니까?"
제갈현종은 잠시 생각한 후 몇 사람을 꼽았다.
"음, 일단 맹주님을 꼽아야겠지. 그리고 부맹주님, 정천단을 맡게 된 권왕 백리양문, 장로원주이신 소림의 요명대사 정도면 어떨까 하는데."
이름을 듣던 사도무영의 눈이 반짝였다.
권왕(拳王) 백리양문.

소림의 속가제자면서도 소림제일승 공화대선사의 제자가 된 천하제일권.

　나이 사십이 되도록 소림에서 백 리를 벗어나지 않았다는 그가 정천단의 단주라는 것은 신선한 충격이었다.

　"부맹주님과 장로원주님은 빼도록 하지요."

　"그분들조차 믿을 수 없다는 건가?"

　"그분들이 문제가 아닙니다. 그분들 주위에 있는 분들이 문제지요. 제 생각으로는 맹주님과 백리 대협 정도면 좋겠습니다만."

　"부맹주님과 장로원주님을 빼고 백리 대협을 넣는 이유가 뭔가?"

　"그분은 얼마 전까지 정천맹에 계시지 않았지요. 그러니 의심할 이유가 없지 않겠습니까?"

　단순하고도 확실한 이유였다. 제갈현종도 수긍하지 않을 수 없었다.

　"너무 적지 않겠나?"

　"정천맹의 힘을 두 갈래로 나눌 경우 그 두 분이 지휘자지요. 이 일은 지휘자인 두 분만 아셔도 충분하다는 생각입니다. 다른 분들의 항의를 받다 보면 피곤한 일이 생길지 모르지만, 그 정도는 감수해야겠지요."

　잠시 생각하던 제갈현종은 고개를 끄덕였다.

　"알겠네. 그렇게 하지. 다만 일을 수월하게 진행하려면, 손발처럼 움직일 수 있는 사람 한둘 정도는 우리의 계획을 알게 될지 모르네. 특히 정천단 쪽은 어쩔 수 없을 거라는 생각이네. 여러 단체의 사람들을 지휘해야 하니까 말이야."

"기왕이면 기존의 정천맹에 없었던 사람을 중용하라고 하십시오. 인원은 두 사람을 넘지 않도록 하시고."

"음, 그러지."

"그리고 혹시나 해서 말씀드립니다만, 벽검산장 쪽에는 절대 말해선 안 됩니다. 특히 저에 대한 말은 아예 꺼내지도 마십시오. 그들은 믿을 수 없는 자들이니까요."

"무슨 말인가? 벽검산장을 믿을 수 없다니?"

사도무영은 옥룡주에 대한 일과 운양장에서 벌어진 일을 말해주었다.

이야기를 듣던 제갈현종은 아연한 표정을 지으며 눈을 파르르 떨었다.

"맙소사, 자네 말이 사실이라면 무서운 일이군."

어찌 안 무서울까. 적인지 아군인지도 모르는 자들을 안방에 앉혀 놨거늘.

"한데 그게 확실한 사실인가?"

제갈현종이 믿을 수 없다는 듯 말하자, 장막심이 기회를 놓치지 않고 한마디 했다.

"그럼 내 아우가 거짓말을 했다는 거유?"

"그게 아니라……, 하도 엄청난 일이어서 하는 말일세."

"큿, 그 자식들, 분명 어떤 꿍꿍이가 있어서 정천맹을 돕는 척하는 걸 겁니다. 아우도 그걸 알기 위해서 놈들을 일체 건들지 않고 있는 거요. 증거만 잡으면 아우가 가만 안 둘 텐데……."

장막심이 걸리면 누구든 잡아먹을 것처럼 으르렁거리자, 제갈현종은 슬그머니 고개를 돌렸다.

"좌우간 그 일에 대해선 자네 말대로 하지. 그런데 자네들은 어떻게 할 건가?"

1.

　날이 밝자 정천맹의 무사들이 바삐 움직이기 시작했다.
　그리고 풍운보의 정문이 활짝 열리자, 정천맹의 무사들이 쏟아져 나왔다.
　정천오당, 멸마십이대 중 칠대, 벽검산장의 용검회 검사. 거기에 정천단 삼백 무사까지. 모두 일천이 넘는 정예무사들이었다.
　풍운보를 나선 그들은 곧장 남쪽으로 달려갔다.
　이미 작전 계획은 전날 저녁에 완성된 상태. 그들은 명을 받은 대로 움직였다.

이각 후.

또 다른 일단의 무리가 이제는 반으로 줄어든 구룡단과 오호단의 호위를 받으며 풍운보를 나섰다.

그들의 숫자는 백 명이 조금 넘는 정도에 불과했다.

하지만 정천맹의 장로와 강호명숙, 그리고 벽검산장과 대정천의 고수들이 끼어 있으니, 그들의 힘은 결코 이각 전에 떠난 칠백 무사에 비해 떨어지지 않았다.

처음에는 그들 역시 양양진으로 향했다.

한데 백 리 가량 달려 주연에 이르렀을 때 갑자기 방향을 서쪽으로 틀었다.

장로인 청성의 진양자가 의아한 표정으로 물었다.

"응? 선발대가 청연으로 갔는데, 왜 방향을 트는 거요?"

"같은 방향으로 가는 것보다 횡으로 약간의 거리를 두는 게 나을 것 같습니다."

점창파의 장로 구자겸도 고개를 갸웃거렸다.

"앞서 간 사람들과 너무 떨어지면 위험하지 않겠소?"

"양양진이 가까워지면 속도를 줄이라 했습니다. 너무 염려 마십시오, 장로."

의문을 제기했던 두 사람은 더 이상 제갈현종의 말에 토를 달지 않았다. 선발대가 속도를 줄인다면 따라잡는 거야 일도 아니었다.

그 이후 별다른 의문도 없이 오십 리를 이동했다.

이제 삼사십 리만 가면 한수가 나올 상황. 한데도 제갈현종은 방향을 꺾으라는 명령을 내리지 않았다.

방향을 꺾지 않으면 선발대와의 거리가 더욱 멀어질 터. 이제는 대부분의 사람들이 이상하게 생각했다.

장로원주인 요명대사가 염주를 굴리며 물었다.

"군사, 대체 어찌된 일이오? 이대로 가면 한수가 나올 것 같소만."

이 사람 저 사람, 다른 사람들도 제갈현종에게 다가왔다.

"선발대와 너무 멀어지는 거 아닙니까?"

"어찌된 겁니까, 군사?"

"도무지 알 수가 없군."

제갈현종은 섭선으로 봄바람을 걷어내며 담담히 말했다.

"우리는 이대로 한수를 건널 겁니다."

"뭐요? 그게 무슨 말이오?"

"맹주님과 이미 조율이 끝나 있는 상황입니다. 의아하시겠지만 조금만 참고 명에 따라 주십시오."

"허어, 이거야 원……."

"적의 뒤통수를 치기 위한 작전입니다. 여러분께 말씀드리지 않은 것은, 나 자신부터 속여야 적도 속는다는 옛말을 실행에 옮기기 위함이었습니다. 이해해 주시기 바랍니다."

그제야 장로들은 감탄했다는 표정을 지으며 고개를 주억거렸다.

"허허허, 이거 군사에게 완벽히 속았소이다. 정말 대단하구려."

"허어, 그런 것이었소? 그래도 미리 말을 해주시지……."

"죄송합니다. 일단 한수가 보이는 곳에서 대기하고 있다가, 날이 어두워지면 곧장 한수를 건널 생각입니다. 배는 걱정 마십시오. 상류에서 내려올 테니까요."

그로부터 한 시진 뒤.

정천맹의 장로들과 대정천, 벽검산장의 고수들은 양양진에서 북쪽으로 사십 리 가량 떨어진 곳에 도착했다.

그들은 한수가 보이는 울창한 송림에 몸을 숨기고 어두워질 때까지 기다렸다.

한편, 사도무영은 군사를 호위하는 호위무사 일곱 명 중 하나로 분장한 상태였다. 장막심과 양류한은 선발대 쪽으로 보냈고.

오호단과 구룡단원 중 그를 알아보는 사람은 아무도 없었다. 변장까지 완벽해서, 그들은 사도무영이 곁을 지나가도 그가 사영이라는 걸 알지 못했다.

그는 제갈현종과 삼 장 정도 떨어진 곳에서 정천맹의 장로들을 자세히 살펴보았다.

행동과 눈빛, 말투. 하나하나가 판단에 도움이 될 터였다.

열여덟 명의 장로들을 하나하나 살펴본 그는 우측으로 고개를 돌렸다.

저만치 아름드리나무 사이에 앉아 있는 벽검산장 무리가 보였다. 모두 열네 명이었는데, 그 중에는 동방력과 동방경도 있었다. 그리고 벽검산장에서 봤던 세 노인도.

모두가 정천맹의 장로들보다 강한 자들.

선발대로 떠난 검사들까지 합하면, 벽검산장 검사들의 숫자는 이백에 달했다. 채 이 할이 안 되는 숫자. 하지만 현재 정천맹 본진의 무력에서 벽검산장이 차지하는 비율은 삼 할이 넘을 정도였다.

사실 그 때문에, 의심을 하면서도 섣불리 그들을 추궁하지 못하는 것이었다.

그럼에도 사도무영은 그들이 벽검산장의 모든 전력이 아니라는 걸 잘 알고 있었다.

'모두 정천맹으로 들어온 것 같아도, 아직 백 명 이상의 정예고수가 나타나지 않았다. 가증스런 자들. 네놈들이 뭘 노리는지 모르겠지만, 절대 네놈들 뜻대로 되지는 않을 것이다.'

그는 냉소를 지으며 눈을 돌렸다.

제갈현종과 청무진인이 있는 곳 우측에 일곱 명이 둘러앉아 있었다. 속인이 넷, 승려가 하나, 도인이 둘이었는데, 모두가 초절정의 고수로 절대의 경지를 눈앞에 둔 고수들이었다.

'대정천, 정녕 놀랍군.'

한 단계 경지를 넘어선 제갈신운에 비하면 한 수 뒤지는 자들이긴 했다. 문제는 저러한 자들이 스무 명을 넘는다는 것이다.

'저들이 모두 나온다면 구천신교로서도 타격이 크겠는 걸?'

그런데 왜 안 나오는 걸까? 구천신교를 과소평가하고 있는 건 아닐까?

'두고 보면 알겠지.'

2.

석양이 질 무렵, 양양진의 구천신교 임시지부에 급보가 전해졌다.

현무단주로부터 보고를 받은 북궁조는 눈을 치켜떴다.

"놈들이 한수를 건너려 한다고?"

"그렇다고 합니다. 숫자는 백 명이 겨우 넘는 정도에 불과하지만, 정천맹과 벽검산장의 수뇌부는 물론이고 대정천의 고수만 해도 일곱 명이나 된다고 합니다. 령주, 양번에 연락해서 조치를 취해야 하지 않겠습니까?"

성동격서(聲東擊西).

정천맹의 선발대가 양양진을 치는 척하며 소란을 떠는 사이, 주력 고수들이 한수를 건너 양번을 친다면 후방이 막히게 된다.

직후 그들은 다시 한수를 건너와 양면 협공을 할 수도 있고, 곧장 제갈세가를 칠 수도 있다.
　정보의 정확성을 떠나서 충분히 가능한, 허를 찌를 수 있는 계책이었다. 더구나 정보는 현천일호가 보내온 것. 십 중 팔은 정확하다고 봐야 했다.
　"놈들이 약은 수작을 피우는군. 현재 양양진에 있는 숫자가 얼마나 되지?"
　"일천육칠백 정도 됩니다."
　"좋아, 차라리 잘 됐군. 머리를 제거하면 오합지졸만 남을 터. 잘하면 싸움을 일찍 끝낼 수 있겠어. 즉시 양번에 긴급으로 연락을 취해라. 그리고 우리 쪽에서도 오백을 뽑아서 놈들이 건너올 만한 곳으로 보내도록."
　"하면 이곳이 위험하지 않겠습니까? 삼십 리 밖에 진을 치고 있는 적도 일천은 된다고 합니다만."
　"후후후, 너무 걱정할 것 없다. 그들 중 이백은 있으나마나니까."
　"벽검산장 말씀이옵니까?"
　"그들은 적극적으로 달려들지 않을 것이다. 그러니 그들은 적당히 상대하고, 정천맹을 치는 데만 전력을 쏟도록 해라."
　현무단주 담치악은 비릿한 조소를 지으며 고개를 숙였다.
　벽검산장의 전력은 적의 총 전력 중 삼 할 정도. 그들을 제외한다면 문제될 것이 없었다.

"그렇다면야 충분하지요. 명대로 진행하겠습니다, 령주."
 북궁조는 의자에 깊숙이 등을 기대고 차디찬 미소를 지었다.
 "놈들을 무너뜨린 후, 전열을 정비해서 곧장 여주까지 달려갈 것이다. 후후후후, 이 기회에 정천맹의 오만함을 땅바닥에 처박아 버리겠어!"

3.

 마침내 석양이 서산으로 넘어가면서 날이 어두워지기 시작했다.
 솔잎 사이로 달빛이 쏟아질 무렵, 제갈현종이 일어나 명을 내렸다.
 "지금부터 남쪽으로 내려갈 겁니다. 쉬지 않고 달리면서 그때그때 명을 내릴 것이니, 본 군사의 명에 따라서 움직여 주시기 바랍니다."
 송림에서 제갈현종을 바라보던 모든 사람들이 멍한 표정을 지었다.
 "군사?"
 "그게 무슨 말이오? 여태 기다려놓고 남쪽으로 내려간다니?"
 제갈현종은 사람들을 둘러보며 단호한 목소리로 말했다.

"양양진을 칠 겁니다."

형산파의 원로 방추병이 눈을 크게 뜨며 물었다.

"뭐요? 아니 그럼, 한수를 건너는 건……?"

"배가 오지 못한다는군요."

제갈현종은 어이없는 핑계를 대고 청무진인을 바라보았다.

청무진인이 자리에서 일어나 말했다.

"모두 군사의 명에 따라주시오. 누구든 군사의 명을 어기는 사람은 정천령의 이름으로 다스리겠소이다."

청무진인의 단호한 말에 남궁진명이 곤혹스런 표정으로 입을 열었다.

"하오나 맹주……."

그러나 청무진인이 결연한 표정으로 그의 입을 막았다.

"부맹주, 빈도를 믿는다면 따라주시오."

"어찌 맹주를 믿지 못하겠습니까? 다만 워낙 급작스럽게 계획이 변경되니 이해하기가 힘들 뿐이지요."

"나중에 설명해 드리리다."

어쩔 수 없다 생각했는지 남궁진명은 굳은 표정으로 고개를 숙였다.

"알겠습니다. 그럼 맹주의 명에 따라 움직이겠소이다."

부맹주가 수긍하고 명에 따르기로 하자, 다른 사람들도 더 이상 불만을 표하지 못했다.

사도무영은 정천맹 수뇌부들이 모여 있는 곳을 바라보며 냉소를 베어 물었다.

'머리가 아플 것이다. 한수를 건널 거라 연락했는데 갑자기 계획이 바뀌었으니……'

송림에 머물렀던 자들이 모두 떠나간 지 반각이 지났을 때였다. 송림으로 덩치가 작은 장한 하나가 들어섰다.

그는 남쪽으로 사라진 정천맹의 수뇌부들을 바라보며 당황한 표정을 지었다.

"이게 어떻게 된 거지? 왜 저들이 남쪽으로 내려가지?"

그는 불만을 터트리며 주위를 샅샅이 뒤졌다.

백 명 가량의 인원이 모여 있던 곳은 그리 넓지 않았다. 그리고 그가 아는 사람이 앉아 있던 곳에 표식을 남겨둔 터였다.

허리가 세 번 부러진 나뭇가지를 발견한 그는 나뭇가지 주위를 둘러보았다.

곧 그는 자신이 원하는 것을 찾았다.

직경 한 자 가량의 소나무 아래쪽에 껍질이 벗겨져 있었는데, 그곳에 지력으로 쓴 듯 보이는 글자 몇 개가 적혀 있었다.

급(急), 선회(旋回). 양양진 공격.

"빌어먹을! 이 교활한 놈들이!"

욕을 퍼부은 그는 벌떡 일어났다.

한수를 건너지 않고 양양진으로 갔다는 말. 사실이라면 큰일이었다.

몸을 돌린 그는 즉시 울창한 송림을 빠져나왔다.

그때였다. 누군가가 앞에 서 있는 게 보였다.

일각이 여삼추라, 상대를 살필 시간도 아까운 그는 달려가는 그대로 곧장 살수를 펼쳤다.

순간 그의 두 눈 앞이 커다란 손바닥으로 가득 찼다.

퍽!

"컥!"

목이 뒤로 꺾인 그는 허공으로 붕 떴다가 바닥에 떨어졌다.

"바빠도 사람은 확인해야지. 나도 바빠서 당신하고 이야기할 시간이 없다는 게 아쉽군."

사도무영은 일수로 상대의 목뼈를 부러뜨리고 몸을 돌렸다.

앞선 일행과는 일각 정도의 차이. 따라가려면 서둘러야 했다.

4.

송림에 있던 정천맹의 수뇌부가 움직일 즈음, 한 사람이 선발대를 찾아 왔다.

그는 정천단주 백리양문을 만나 간단하게 한마디만 전했다.

"시작하시지요."

백리양문은 그 말에 아무런 토를 달지 않았다. 대신 자신의 오른팔인 황보웅경에게 짧은 명을 내렸다.
"일각 후에 시작할 거네. 준비를 하지."
황보웅경이 깍듯이 고개를 숙이며 답했다.
"예, 단주."
"벽검산장 측에도 연락을 하도록."
"그렇게 하죠, 단주."
대답하며 고개를 드는 황보웅경의 입가에 미미한 웃음이 떠올랐다. 누군가를 향한 조소였다.

"지금 말입니까?"
황보웅경이 명을 전하자, 벽검산장의 검사들을 이끄는 동방소가 의아한 표정으로 되물었다.
아침이 올 때까지 움직이지 않을 거라 알고 있었다.
한데 갑자기 양양진을 공격하겠다니.
"군사의 명이오. 즉시 무사들을 모으고 움직일 준비를 해주시오."
"군사의 명이라니 하긴 하겠소만, 도무지 영문을 모르겠군요."
"적에게 혼란을 주기 위한 작전으로 알고 있소. 그러니 수고스럽겠지만 계획대로 따라주셨으면 하오."
"알겠소이다. 정천맹의 계획이 그렇다면 별수 없지요."

돌아서려던 황보웅경은 멈칫하며 동방소를 바라보았다.
"아, 그리고 벽검산장이 동남쪽을 맡아주어야겠소."
동방소는 눈살을 잔뜩 찌푸리고 반문했다.
"원래 우리는 동북을 맡기로 했잖소?"
"계획이 바뀌었다 하오. 그럼 부탁하겠소이다."
황보웅경은 간단하게 말하고, 자신은 잘 모르겠다는 표정을 지으며 돌아섰다.

5.

북궁조에게 정천단의 움직임이 알려진 것은 정천단이 양양진의 십 리 이내로 들어왔을 때였다.
"놈들이 움직였습니다, 령주!"
담치악이 급한 표정으로 찾아와 다급히 보고를 올리자, 북궁조는 마시던 술잔을 내려놓았다.
"무슨 말이냐? 누가 움직였다는 거냐?"
"정천단 놈들이 내려오고 있다 합니다!"
"뭐야? 그놈들은 아침쯤 공격할 거라 하지 않았느냐?"
"한수를 건너려는 놈들을 지원하기 위해 공격하는 것이 아닌가 합니다."
쾅!

탁자를 치고 자리에서 일어난 북궁조가 코웃음 쳤다.
"흥! 제깟 놈들이 머리를 굴려 봤자지! 담 단주, 현재 우리 쪽 상황은?"
"한수를 건넌 사람을 제외하고 일천이 조금 넘는 무사들이 명을 기다리고 있습니다, 령주."
"좋아, 비록 선수는 놈들에게 빼앗겼지만, 승리는 빼앗기지 않을 것이다. 즉시 무사들을 소집해! 놈들이 양양진에 들어오기 전에 쓸어버릴 것이다!"

6.

한수를 따라 내려간 지 반 시진. 양양진이 보였다.
그제야 제갈현종의 첫 번째 명령이 떨어졌다.
"구룡단과 오호단은 선착장에 있는 자들을 제거하고 그곳은 접수하라!"
"예, 군사!"
허진자와 남궁혁이 나직하면서도 힘찬 목소리로 대답하고는, 수하들과 함께 선착장 쪽으로 달려갔다.
재차 제갈현종의 명이 떨어졌다.
"동방 장주, 동북쪽으로 가서 정천단을 도와주십시오."
동방력이 경악한 표정으로 물었다.

"정천단이 지금 공격한단 말인가?"

"그렇습니다. 시간이 없으니 더 이상의 질문은 받지 않겠습니다. 동방 장주, 부탁하겠습니다!"

동방력은 뭔가 찜찜했지만, 일단 제갈현종의 말대로 움직였다.

"알겠소이다."

그를 따라 동방경과 벽검삼노, 청룡검사들이 어둠속으로 빠르게 사라졌다.

제갈현종은 벽검산장의 사람들마저 사라지자 정천맹의 장로들을 바라보았다.

"우리는 놈들의 후방을 칠 것입니다. 지금쯤 놈들이 정천단과 조우했을 터. 공격이 시작되면 놈들이 정신을 차리지 못하도록 몰아붙이십시오!"

그때 장로들 중 한 사람이 못마땅한 표정으로 말했다.

"허어, 아무리 그렇다고 몰래 적의 뒤를 치는 것은 마음에 들지 않는구려. 차라리 우리도 정천단과 합류해서 저들을 정면으로 공격합시다."

"죄송하지만 지금은 그럴 수가 없습니다. 다음 작전을 위해선 최대한 빨리 적을 섬멸해야만 합니다."

"이보시오, 군사. 우리가 정파인 이유가 뭐요. 한순간의 이익을 위해서 도리를 저버린다면 저들과 다를 게 뭐 있겠소? 올바른 길을 걸어서 이겼을 때가 진정한 승리가 아니겠소?"

몇몇 장로들이 그의 말에 고개를 끄덕였다. 무인의 자존심,

정파라는 자존심이 발동한 것이다.

그때 전음 한줄기가 제갈현종의 귓전에 스며들었다.

『바로 그 잡니다. 제가 확인했습니다.』

제갈현종은 더 이상 대답하지 않고 고개를 돌렸다.

제갈현종을 다그쳤던 장로는 눈살을 찌푸리며 혀를 찼다.

"허어, 그 사람 참……."

그때 호위무사 사이에서 사도무영이 나왔다.

"다른 분은 그런 말을 해도 괜찮은데, 당신은 그런 말을 할 자격이 없소, 방추병 장로."

형산파를 대표하는 정천맹의 장로이며, 한때 형산의 희망이었던 방추병이 발끈해서 소리쳤다.

"뭐야? 네놈이 감히 어디서……!"

곁에 있던 두어 명의 장로들도 눈살을 찌푸리며 호통 쳤다.

"어허! 일개 호위무사가 참으로 건방지구나!"

"네 이놈! 어디서 막말을 하는 것이냐!"

찰나였다.

사도무영이 방추병을 향해 슬쩍 한 걸음 내딛었다.

순간 사도무영의 신형이 쭉 늘어나는가 싶더니 방추병을 덮쳤다.

가히 거짓말 같은 빠름!

남몰래 뒤로 한 걸음 물러서던 방추병이 사도무영의 움직임을 감지했을 때는, 사도무영의 손이 이미 코앞에 닥친 상태였다.

"헉!"

 헛바람을 집어삼킨 그는 정신없이 양손을 좌우로 떨치며 뒤로 물러났다.

 파파파팡!

 진양자와 소진도장이 대경해 소리치며 방향을 틀었다.

"방 장로!"

"조심……!"

 제갈현종이 급히 그들을 말렸다.

"그를 놔두십시오! 방 장로는……."

 놔두고 자시고 할 것도 없었다. 제갈현종의 말이 끝나기도 전, 사도무영의 손 그림자가 방추병의 쌍장을 튕겨낸 후 가슴에 꽂혔다.

 쾅!

"크억!"

 사도무영은 뒤로 훌훌 날아가는 방추병을 그림자처럼 따라가며 네 군데의 혈도를 짚었다.

 진양자와 소진도장은, 자신들이 잠깐 멈칫한 사이 방추병이 제압당하자 정신이 없었다.

"대체……."

"군사, 이게 어찌된……. 왜 말린 거요?"

 다른 사람들도 마찬가지 심정인 듯 제갈현종을 바라보았다. 그 중에는 부맹주인 남궁진명도 있었다.

사실 제갈현종도 가슴이 떨렸다.
설마 방추병이 저리 쉽게 제압될 줄이야.
장막심이 과장해서 말한 거라고 생각했다. 그가 말한 실력의 반만 되어도 대단했으니까.
한데 그가 한 말이 전부 사실인 듯했다.
'어쩌면 그가 말한 것보다 더 강할지도……'
그는 떨리는 가슴을 빠르게 진정시키고 사람들을 둘러보았다.
"방 장로는……, 여태껏 구천신교에 우리 쪽 소식을 전했습니다."
"뭐, 뭐요? 그럼……, 방 장로가 간세란 말이오?"
"말도 안 되오!"
"아미타불, 어찌 그런 일이……."
장로들은 도저히 믿을 수 없다는 듯 의혹이 가득한 표정들이었다.
결국 청무진인이 나섰다.
"좀 더 조사해 봐야 정확한 걸 알겠지만, 지금까지는 군사의 말이 사실이외다."
남궁진명이 아연한 표정을 지우지 못하고 청무진인을 바라보았다.
이 상황에 청무진인과 제갈현종이 헛소리를 지껄일 이유가 뭐 있을까.
그래서 문제였다. 그는 다른 사람보다 유난히 방추병과 가깝게 지내던 사람이었던 것이다.

"맹주, 저는 도무지……."

"우리가 여기서 지체하는 만큼 제자와 형제들이 죽어갈 것이오. 자세한 것은 나중에 듣기로 하고, 일단 적을 먼저 물리치고 봅시다. 무슨 말인지 아시겠소?"

틀린 말이 아니었다. 촌각을 다투어도 부족한 판이었다.

남궁진명은 이를 악물고 고개를 끄덕였다.

"명에 따르겠습니다."

청무진인은 사도무영을 바라보았다.

"어떻게 할 건가?"

"일단 이자는 군사각의 호위무사에게 맡기고, 저는 북궁조를 잡으러 갈 생각입니다."

전이었다면 당장 '미친놈!' 소리가 나왔을 것이다. 그러나 지금은 누구도 그에게 그런 말을 하지 못했다.

제갈현종이 사람들을 재촉했다.

"어서 갑시다!"

7.

양양진 동쪽 십 리 지점에서 벌어진 격전은 시간이 갈수록 치열해졌다.

병장기 부딪치는 소리와 비명이 어둠을 가르고, 사방에서 악쓰는 소리가 쉴 새 없이 터져 나왔다.

"으악!"

"그쪽을 막아!"

"어림없다 이놈들! 마의 무리를 모조리 지옥으로 보내라!"

"크하하하! 위선에 가득 찬 정천맹 놈들은 우리의 상대가 아니다! 한 놈도 남기지 말고 목을 쳐버려!"

아비규환!

격전이 벌어진 지 일각이 지나자, 새싹이 올라오던 수만 평의 대지에 시뻘건 꽃이 피었다.

그 시각.

북궁조는 이를 갈며 백리양문을 몰아붙였다.

단숨에 놈들을 쓸어버리고 남양까지 달려갈 작정이었다. 그런데 정천단의 무력이 예상보다 강했다.

거기다 동북쪽을 칠거라 했던 벽검산장은 동남쪽을 쳐서 방어망 자체가 완전히 뒤틀어져 버린 상태였다.

멍청한 놈들!

북궁조는 끓어오른 분노를 모조리 검에 집중시켰다.

자신의 상대는 정천단을 이끄는 자. 적의 수장을 죽이면 형세가 달라질 것이었다.

콰아아아아!

콰과광! 쩌저적!

백리양문의 두 주먹은 광풍을 일으켰고, 북궁조가 펼쳐낸 장력은 강기의 폭우를 쏟아 부었다.

백리양문은 대금강권을 펼치며 북궁조의 쌍장에 대항했다.

천하제일권, 권왕이라 불리는 그였다.

상대가 아무리 전설의 구천신교를 이끄는 자라 해도 이길 자신이 있었다.

하지만 현실은 그가 생각했던 것과 많이 달랐다.

아수라의 심장을 부술 수 있다는 그의 권으로도 북궁조를 완벽하게 막아내기에는 역부족이었다.

격전이 벌어진 지 삼십여 초. 점점 뒤로 밀리기 시작하는 백리양문의 얼굴은 회칠을 한 것처럼 창백해졌다.

"어디 더 힘을 써보지 그러나!"

북궁조가 백리양문을 놀렸다.

"이놈!"

백리양문은 노성을 내지르며 쌍권을 교차시켰다.

콰르르릉!

뇌성벽력이 일며 머리통만 한 권영이 북궁조를 향해 밀려갔다.

북궁조는 백리양문이 승부를 걸었다는 걸 알고 현천광혼기를 구성까지 끌어올렸다.

쿠구구궁!

두 사람의 기운이 얽혀들며 어둠이 비틀렸다.

그리고 일순간, 권세와 장세가 정면으로 충돌하며 굉음이 터져 나왔다.

콰과광!

"크으윽."

백리양문은 비틀거리며 대여섯 걸음을 물러났다. 이를 악문 그의 잇새로 쥐어짜는 신음이 흘러나왔다.

북궁조도 한 걸음을 물러나서 비릿한 조소를 지었다.

"후후후, 그 정도로는 어림없다. 어디 이제 끝을 내볼까?"

쌍장을 들어 올리는 그의 주위로 검은 먹구름이 넘실거리며 흘렀다.

바로 그때였다. 비명에 가까운 고함소리가 저 뒤쪽에서 터져 나왔다.

"적이다! 적이 뒤쪽에서 공격해 온다!"

"막아! 크어억!"

"정천맹의 장로들이다! 물러서!"

"헉! 청무진인이다!"

'뭐야? 정천맹의 맹주와 장로들이 나타났다고?'

홉떠진 북궁조의 눈빛이 잘게 흔들렸다.

맹주와 장로들이라니? 한수를 건넜다는 그들이 왜 이곳에 나타난단 말인가?

그의 의문에 답하듯 염불소리가 허공을 뒤흔들었다.

"아! 미! 타! 불! 모두 힘을 내 마도의 무리를 물리쳐라!"

"원시천존! 대정의 힘으로 마를 몰아내라!"

"내 지옥에 가더라도 네놈들만큼은 함께 데려갈 것이니라!"

공포에 질린 비명과 악다구니가 후방을 뒤덮었다.

북궁조는 후방이 급격하게 무너짐을 알고 백리양문을 노려보았다.

백리양문의 입가에 미소가 떠올라 있었다. 미리 알고 있었다는 뜻.

"이 교활한 놈들이……!"

하지만 그것은 이제 시작일 뿐이었다.

멀리서 울리는 목소리가 북궁조의 고막을 뒤흔들었다.

"북궁조! 너는 내가 상대해주마!"

"어떤 놈이 감히……!"

"내 목소리를 잊었나? '감히'라, 도망가기 바빠야 할 자가 할 말은 아닌 것 같군."

북궁조의 얼굴이 서서히 일그러졌다.

"서, 설마……? 말도 안 돼! 이미 죽은 놈이 어떻게……?"

"내 명은 너무 질겨서 나도 질릴 정도야."

멀리서 들리던 목소리가 그 즈음에는 바로 뒤에서 들렸다.

북궁조는 홱 고개를 돌리고는 불길이 이는 눈으로 뒤를 노려보았다.

처음 보는 자가 그를 향해 다가온다.

'저놈은 누구지? 사영은 어디에……?'

사도무영을 바로 알아보지 못한 북궁조의 눈빛이 흔들렸다.

사도무영은 그에게 말보다 행동으로 자신의 정체를 알렸다.
오 장의 거리.
사도무영은 수라도를 밀어올리며 씩 웃었다.
"이상하게 생각할 것 없어. 곧 알게 될 테니까."
찰나였다.
한 줄기 번개가 쭉 뻗어 나오며 어둠을 일직선으로 갈랐다.
언젠가 한 번 부딪쳐본 도세!
상대의 정체를 눈치챈 북궁조의 두 눈이 튀어나올 듯이 커졌다.
"헛! 역시 네놈이었구나!"
다급해진 그는 두 손에 가득 끌어올리고 있던 현천광혼기를 미친 듯이 떨쳤다.
순간이었다. 음울한 묵기 속으로 파고든 시퍼런 번개가 굉음을 일으키며 터졌다.
쾅!
북궁조는 전신을 부르르 떨며 뒤로 주르륵 물러났다.
'크읍! 이, 이런, 전보다 더 강해졌다.'
두려움이 스멀거리며 그의 정신을 짓눌렀다.
사도무영은 수라도로 북궁조를 가리키며 무심한 어조로 말했다.
"너는 오늘 내 손을 벗어날 수 없을 것이다, 북궁조."
북궁조의 눈빛이 찰나 간 흔들렸다.

하지만 이를 악문 그는 정신을 집중하고 현천광혼기를 극성까지 끌어올렸다.

정천맹의 수뇌부가 이곳에 나타났다. 거기다 사영이라는 놈까지.

뭐가 잘못되어도 한참 잘못된 상황.

'놈들에게 속았어! 어서 이 사실을 아버님께 알려야 해!'

북궁조는 재빨리 사위를 둘러보았다.

후방이 빠르게 무너지고 있었다. 소극적으로 행동할 줄 알았던 벽검산장의 검사들이 살수를 펼치고 있었는데, 어쩌면 그래서 더 무너지는 속도가 빠르게 느껴지는 것 같았다.

'괘씸한 놈들!'

하지만 그들을 응징하는 것도 자신이 산 다음의 일이었다.

후퇴하기로 결심한 그는 쌍장을 휘두르고는 뒤로 신형을 날렸다.

그러나 사도무영은 그를 풀어주고 싶은 마음이 눈곱만큼도 없었다.

"어림없다, 북궁조!"

용천풍을 펼친 사도무영은 거리를 좁히며 북궁조를 압박했다.

콰르릉!

어둠을 부수며 밀려간 도세가 북궁조의 장력을 갈기갈기 쪼갰다.

얼굴이 와락 일그러진 북궁조는 전력을 다해 현천광혼기를 쏟아냈다.
 그렇게 십여 초가 지날 무렵이었다. 수라도의 도첨에서 섬광이 번쩍하는가 싶더니, 현천광혼기가 폭발하듯이 터져 나갔다.
 쾅!
 "으음!"
 북궁조는 가공할 충격을 견디지 못하고 뒤로 주르륵 밀려났다.
 절호의 기회!
 사도무영은 좌수오지를 뻗어 회천지를 펼치면서 북궁조를 그림자처럼 따라갔다.
 쐐애액!
 머리끝이 쭈뼛해지는 느낌!
 북궁조는 본능적인 움직임으로 몸을 틀었다. 그러나 충격을 받은 몸으로 완벽히 피하기에는 회천지가 너무나 빨랐다.
 퍽!
 한 줄기 지풍이 둔탁한 소리를 내며 북궁조의 어깨를 두들겼다.
 몸을 튼 덕에 겨우 사혈을 피하긴 했지만, 살이 뚫리고 뼈가 부러졌으니 그 충격이 어찌 작을까.
 '크흑!'
 튀어나올 것처럼 눈을 홉뜬 북궁조의 얼굴에 잔물결이 일렁였다. 난생 처음 당해보는, 두려움에 찬 공포였다.
 사도무영은 공포로 물든 북궁조의 얼굴을 쳐다보며 수라도를 휘둘렀다.

냉정한 일도!

쭉 뻗어나간 도강이, 사도무영의 공격을 막기 위해 펼친 북궁조의 방어막을 그대로 갈랐다.

서걱!

살과 뼈가 갈라지는 섬뜩한 소리! 검은 피가 어둠속에서 솟구쳤다.

하지만 그것은 북궁조의 피가 아니었다. 북궁조가 위기에 빠지자 달려온 호위무사 하나가 도세 속으로 뛰어든 것이다.

북궁조는 그 틈을 타 사도무영의 도세를 벗어났다.

그 사이 세 명의 호위무사들이 더 합세했다.

"소교주, 피하십시오!"

"놈을 막아!"

북궁조는 수하들을 향해 소리치고, 자신은 사도무영에게서 최대한 멀어졌다.

사도무영은 호위무사들 사이를 유령처럼 유영하며 수라도를 휘둘러 셋을 단숨에 제거했다. 그리고 도주하는 북궁조를 향해 신형을 날렸다.

어깨가 뚫린 북궁조는 사도무영이 쫓아오자 혼신을 다해 도주했다.

"구천신교의 수장이 도망친다! 놈들을 몰아붙여라!"

북궁조의 도주 사실이 알려지자 구천신교의 교도들은 더 이상 버티지 못했다.
"후퇴해!"
"모두 이곳을 빠져나가라!"
여기저기서 후퇴하라는 목소리가 울려 퍼졌다.
사기가 오른 정천맹 무사들은 그들이 도주하는 것을 보고만 있지 않았다.
제갈세가의 혈전에서 혈육과 사형제들이 죽어간 터였다. 정천맹 무사들은 구천신교 교도를 한 사람이라도 더 죽이기 위해 눈에 불을 켜고 달려들었다.
"구천신교 놈들이 도망간다!"
"놈들을 쫓아라!"
"잡아 죽여!"
정천맹의 수뇌부는 말리지 않았다. 그렇다고 해서 적극적으로 독려하지도 않았고.
사기를 극대화시키기 위해서라도 적당한 추격은 해가 되지 않았다. 그러나 쫓기던 쥐도 막다른 골목에 몰리면 고양이에게 대든다 하지 않던가.
정천맹의 수뇌부들은 은근슬쩍 퇴로를 열어주고는, 도주하는 구천신교 무리를 치는 일에 벽검산장 무사들을 앞세웠다.
마침 그들은 도주하는 구천신교 무리와 근접해 있는 상태였다.
벽검산장의 검사들은 구천신교의 무리들이 몰려들자 동방력과 동방경의 명을 기다리며 눈치를 살폈다.

제갈현종과 청무진인은 멈칫하는 그들을 독려했다.
"벽검산장의 검사들은 놈들을 쫓아라!"
"동방 장주! 놈들이 한수를 건너지 못하도록 철저히 제거하시오!"
동방력은 예기치 않은 변화에 머릿속이 혼란스러웠다. 그는 뒤로 빠지고 싶었지만, 지금은 청무진인과 제갈현종의 청을 거절할 수 있는 상황이 아니었다.
"알겠소이다, 맹주!"
동방경도 이를 갈며 검을 움켜쥐었다.
'빌어먹을 놈들, 하필이면 왜 이쪽으로 오는 거야?'
동방주천이 동방력에게 전음으로 다급히 물었다.
『어떻게 할 생각이냐?』
어차피 적당히 싸우려 했던 일은 물 건너간 지 오래였다. 차라리 이 기회에 구천신교와 갈라서는 것도 괜찮을 듯싶었다.
『오늘로써 선을 긋지요. 어차피 우리가 한 일은 구천신교의 종파 하나를 없앤 일밖에 없습니다. 하거늘 누가 우리에게 돌을 던지겠습니까?』
동방주천은 찜찜함이 가슴을 짓눌렀지만 그 말도 그리 틀린 말은 아니었다.
"알겠다."
고개를 끄덕인 그는 벽검산장의 검사들을 향해 소리쳤다.
"벽검산장의 검사들은 모두 적을 쫓아라!"

그들은 꿈에도 생각지 못했다. 그들이 동남쪽을 맡는 순간부터, 누군가가 정해놓은 수순대로 상황이 흘러가고 있다는 걸.

벽검산장의 끈질긴 공격에, 구천신교의 교도들은 남쪽으로 도주하는 자들과 양양진의 선착장으로 도주하는 자들로 갈라졌다.

그 중 양양진의 선착장으로 도주한 구천신교의 교도들은 백여 명 정도. 그나마도 대부분이 심각한 부상을 입은 자들이었다.

그러나 그들이 도착한 선착장은 이미 구룡단과 오호단에 접수된 상태였다.

뒤에서는 벽검산장과 정천맹의 고수들이 쫓아오고, 앞은 구룡단과 오호단에 막힌 상황.

구천신교의 교도들은 자포자기하고서 상대의 검을 향해 달려들었다.

"현천의 세상을 위하여!"
"대교주시여! 우리의 복수를 해주소서!"

정천맹의 수뇌부가 선착장에 도착했을 때는 바닥에 널브러진 시신만이 가득했다.

코를 찌르는 비릿한 혈향.

제갈현종은 눈살을 찌푸리며 남궁혁과 허진자를 바라보았다.

"배는 준비 되었소?"

제갈현종의 말에 남궁혁이 힘찬 목소리로 대답했다.

"예, 군사!"

"백리 단주, 정천단은 모두 도착했소?"

"도착했습니다, 군사."

제갈현종은 백리양문의 나직한 대답을 들으며 동방력을 향해 고개를 돌렸다.

"벽검산장은 어떻습니까?"

동방력은 천천히 고개를 끄덕였다.

"우리도 준비되었소."

"좋습니다. 그럼 이제 강을 건너도록 합시다."

그때 동방경이 급히 물었다.

"잠깐, 그 전에 묻고 싶은 게 하나 있습니다, 군사. 북궁조를 물리친 자는 대체 누굽니까? 그도 대정천에서 나온 사람입니까?"

"그리 생각해도 무방합니다."

제갈현종은 대충 얼버무리고 고개를 돌렸다.

"모두 배에 승선하시오!"

제4장

만상루, 손님을 받다

1.

사도무영은 북궁조를 십 리 가량 쫓아간 후 앞을 막았다.
"북궁조, 오늘은 하늘도 네 편이 아닌 것 같구나."
"건방진 놈! 죽어라!"
북궁조는 핏발 선 눈으로 현천광혼기를 펼치며 달려들었다.
사도무영은 수라도를 집어넣고 적수공권으로 상대했다.
콰르릉!
풍뢰수가 벽력음을 토해내고, 건곤무영인이 하늘과 땅을 뒤집으며 현천광혼기를 흐트러뜨렸다.
북궁조는 사도무영이 도를 집어넣자 속으로 '이놈이 미쳤나?' 했다.

그러나 채 오 초가 지나기도 전에 도를 든 사도무영보다 도를 들지 않은 사도무영이 더 무섭다는 사실을 깨달았다. 그리고 그 사실을 앎으로써 사도무영이 더 두렵게 느껴졌다.

그는 전 공력을 모조리 끌어올리고 사도무영의 공격을 막으며 빠져나갈 기회만 엿보았다.

'아버님께 가야 한다. 이놈에 대해서 알려야 돼!'

하지만 사도무영은 그를 놓아주고 싶은 마음이 눈곱만큼도 없었다.

'북궁조, 빠져나갈 생각은 꿈도 꾸지 마라! 내가 지옥 끝까지라도 쫓아갈 테니까!'

절대의 경지에 이른 두 사람의 격전이 십 초를 넘어가자 땅거죽이 뒤집어지고 직경 십 장 일대가 초토화되었다.

그러던 어느 순간!

쾅!

일성 굉음과 함께 북궁조의 몸이 삼 장 밖으로 튕겨졌다.

그는 부들부들 몸을 떨면서도 악착같이 쓰러지지 않고 버텼다.

"크윽, 어, 어떻게…… 이런 일이……. 몇 달 전만 해도 이 정도는 아니었거늘……."

입을 여는 북궁조의 잇새로 시뻘건 핏물이 보였다.

심각한 내상을 입었다는 말.

사도무영은 서두르지 않고 씩, 조소를 지으며 말했다.

"그대와 동방경 덕분이라고 해야 하나?"

"그게 무슨……?"

"그대들 덕에 천하에서 제일 독하다는 독을 열 가지나 먹었거든. 그런데 그 독들이 상충작용을 하면서 내공이 더 강해진 것 같아."

"마, 말도 안 되는 소리……."

"동방경이 말하지 않던가? 내가 죽을 정도의 중상을 입었다고 말이야."

"듣긴 들었다. 그런데 이제 보니 그게 다 거짓말……. 죽일 놈!"

북궁조는 생각할수록 분한 듯 이를 으드득 갈았다. 핏물이 입술을 타고 주르륵 흘렀다.

사도무영은 친절하게 동방경을 변호해 주었다.

"아니, 사실이었어. 정말 죽을 뻔했지. 혈도가 막히고 혈맥이 터진 몸으로 백 장 절벽에서 떨어졌으니까. 그런데 마침 나를 발견한 분이 내 몸을 오독대법의 실험체로 썼지 뭐야. 죽으면 할 수 없고, 살면 독기운으로 몸을 회복할 거라면서. 그것도 전보다 더 강하게 말이지."

사도무영은 담담히 말하며 어깨를 으쓱 추켜올렸다. 그리고 북궁조를 빤히 쳐다보며 말했다.

"아마 당신은 모를 거야. 죽음의 위기에서 살아나오려면 어떤 고통을 겪어야 하는지."

고저 없는 목소리.

북궁조는 자신도 모르게 주춤거리며 뒤로 물러났다.

순간 사도무영이 스윽 한 걸음 내딛으며 우장을 떨쳤다.

어둠이 그의 장중으로 말려 들어가는가 싶더니 거대한 손 하나가 북궁조의 머리 위를 덮쳤다.

마침내 칠 성 경지에 이른 회천공령장이 처음으로 모습을 드러낸 것이다.

고오오오!

눈앞이 캄캄해지고, 억만 근 바위가 몸을 짓누르는 느낌!

입을 쩍 벌린 북궁조의 눈빛이 폭풍을 만난 것처럼 출렁였다.

동시에 사도무영의 목소리가 그의 고막을 흔들었다.

"이것이 그대들 덕분에 익힌 무공이야. 아직 완성된 것은 아니지만, 그대에게는 특별히 보여주지."

퍽!

몸 안에서 혈맥이 터져나가는 소리가 울렸다.

북궁조는 아득해지는 정신을 붙잡으려 했지만 몸도 마음도 말을 듣지 않았다.

'꺼억!'

비명을 내지르고 싶지만, 목구멍 안에서 맴돌 뿐이었다.

뼈마디가 없는 해파리처럼 그 자리에 털썩 무너진 북궁조는 원한이 가득한 눈으로 사도무영을 바라보았다.

사도무영은 부들부들 떠는 북궁조를 보며 무심하게 말했다.

"곧 동방경도 그대 꼴이 될 거야. 그리고 북궁마야도……. 기대해도 좋아."

북궁조는 몸을 들썩거리며 안간힘을 다해 입을 열었다.

"어림…… 없……·. 악, 악이만 나오면……, 네가 아무리 강해도……, 이길 수…… 없을 것……."

사도무영의 눈빛이 반짝였다.

"악이? 흠, 악이라……."

그때였다. 뒤쪽에서 두 사람이 달려왔다. 장막심과 양류한이었다.

"아우, 조금 늦었네."

"모두 강을 건널 준비를 하고 있소, 사도 형."

"이자를 한 대협에게 데려가도록 하지요."

"한 대협에게?"

"예, 비록 죽음을 눈앞에 둔 자지만, 그분이라면 이자에게서 많은 것을 알아내실 수 있을 겁니다."

한상은 정보에 관한한 강호 제일을 다투는 자. 단순하게 드러난 정보만 모아서 그러한 위치에 오르지는 않았을 것이다.

'그는 아주 무서운 눈을 지니고 있지. 북궁조의 뼈를 모조리 뽑아내면서도 웃을 사람이야.'

2.

정천맹과 대정천, 벽검산장의 연합세력이 어둠을 가르며 강을 건너는 게 보였다.
 사도무영은 그들이 선착장에서 멀어진 다음에야 선착장 백여 장 아래쪽에서 나룻배 하나를 얻어 한수를 건넜다. 북궁조를 사로잡은 걸 그들에게 알리고 싶지 않은 것이다. 그걸 알면 양도하라고 할 게 분명하니까.
 양번으로 들어간 사도무영은 곧장 만상루로 갔다.
 한상이 기다렸다는 듯 문을 열었다.
 "한 대협, 이자 좀 부탁합니다."
 사도무영이 말하며 장막심을 바라보자, 장막심이 어깨에 메고 있던 북궁조를 내려놓았다.
 "어떤 놈이야?"
 한상이 북궁조를 발로 툭툭 차며 물었다.
 장막심은 일단 씩 웃어주고는, 어디서 길거리 건달을 한 놈 잡아온 것처럼 말했다.
 "북궁조라는 놈입죠. 구천신교 대교주의 아들이라나, 뭐라나."
 한상은 눈이 한껏 커진 채 석고상처럼 몸이 굳었다.
 '농담이야, 뭐야?' 영락없이 그런 표정이었다.
 사도무영이 그의 궁금증을 풀어주었다.
 "정천맹을 설득해서 양양진에 있던 놈들을 쳤는데, 다행히 계책이 성공해서 놈들을 물리치고 이자도 잡았지요. 털면 제법 괜찮은 정보를 얻을 수 있을 것 같아서 죽이지 않고 데려왔습니다. 한 대협이라면 보다 많은 정보를 빼낼 수 있을 것 같습니다만."

 그의 말투도 장막심과 크게 다르지 않았다. 그는 길 가다가 졸고 있는 족제비 한 마리 주워온 것처럼 말하고는 한상을 바라보았다.

 "가능하겠습니까?"

 한상도 양양진이 정천맹에게 넘어갔다는 것을 알고 있던 터. 두 사람의 말이 사실이라는 걸 눈치챈 그의 눈이 기름칠한 것처럼 반짝반짝 빛났다.

 길거리 건달이든, 졸다 잡힌 족제비든, 북궁조든, 앞에 있는 자가 구천신교 대교주의 아들이라면 머릿속에서 꺼낼 게 많을 것이었다.

 "그래? 흠, 좋아, 그거라면 내가 맡지. 어이 장가, 자네가 그놈을 메고 나를 따라오게나. 일단 안에다 넣어 놓자고."

 '지미, 왜 나만 시켜? 저기 양가도 있는데.'

 장막심은 속으로 투덜대면서도 북궁조를 집어 들고 한상을 따라갔다.

 곧 안쪽으로 들어갔던 한상이 밖으로 나왔다. 그런데 뒤따라 나온 장막심의 표정이 이상했다. 마치 못 볼 것을 본 사람처럼 질린 표정이었다.

 '저 멀뚱하게 생긴 인간이 그런 인간이었다니. 좌우간 사람은 겉만 보고 판단해선 안 된다니까.'

 그는 만상루의 깊숙한 지하에서 본 것을 떠올리고 몸을 후드득 떨었다.

'쓰벌, 왜 혓바닥 나온 사람 머리를 공중에다 매달아 놓은 거야?'

그뿐이 아니었다. 한쪽 선반에 있는 수십 개의 항아리 중에는 눈알만 모아놓은 것도 있었다.

그때 사도무영이 한상에게 말했다.

"저는 밖의 상황을 알아볼 생각입니다. 혹시라도 제갈 대협이 오시면 이곳에서 기다려 달라 말씀해 주십시오."

"정천맹은 북쪽으로 갔는데, 설마 자네 혼자 제갈세가로 가겠다는 건 아니겠지?"

"걱정 마십시오. 그들의 움직임만 살펴보고 돌아올 것입니다."

한상은 더 이상 묻지 않았다. 그는 사도무영을 빨리 내보내고는, 지하실로 내려가서 정신을 잃고 있는 북궁조와 놀고(?) 싶었다.

"알겠네. 나는 자네가 올 동안 저 안에 있는 자의 입에서 최대한 많은 것을 알아놓도록 하겠네."

장막심은 북궁조가 가엽게 느껴졌다.

'북궁조, 너도 참 재수 더럽게 없구나.'

한데 사도무영이 장막심에게 말했다.

"형님과 양 형이 한 대협을 도와주십시오."

헉!

장막심이 대경한 표정으로 사도무영을 바라보았다. 지하실의 끔찍한 모습을 다시 보고 싶지 않은 그는 애원하듯이 말했다.
"우리도 함께 가면 안 되겠나, 아우?"
"오래 걸리지 않을 겁니다."
"그래도 함께 가는 게 나을 것 같은데······."
"시간을 다투는 일인 만큼 혼자 움직이는 게 편합니다. 형님과 양 형은 여기서 한 대협을 도와주시면서 몸을 추스르십시오."

장막심은 자신의 요구가 계속 거부되자 반쯤 토라진 마음으로 콧방귀를 뀌었다.
"킁, 알았네. 아우가 싫다면야······. 한 대협에게 사람 잡는 법이나 배우지 뭐."

꿰다 놓은 보릿자루처럼 서 있던 양류한은 그런 장막심을 보고 속으로 혀를 찼다.
'쯔쯔쯔, 하여간 어린애 같다니까.'

그가 어찌 알까. 장막심이 지하실에서 무엇을 봤는지. 한상을 도와주는 일이 어떤 일인지.

장막심은 자신을 토라진 어린애 보듯 쳐다보는 양류한을 힐끔거리고는 속으로 음흉한 웃음을 지었다.
'어차피 해야 할 일이라면, 저 이쁜이의 얼굴이 어떻게 변하는지 구경하는 재미도 괜찮겠어. 흐흐흐······.'

3.

 한수를 건넌 정천맹과 벽검산장의 무사들은 곧장 북쪽으로 올라갔다. 이미 구룡단과 오호단원 몇이 양변으로 건너가서 구천신교의 움직임을 쫓고 있는 상황이었다.
 그 즈음, 한수 가의 숲에 잠복해 있던 구천신교의 무사들이 술렁이기 시작했다.
 어둠이 깊어 가는데 정천맹이 한수를 건널 아무런 징조도 보이지 않는 것이다.
 "아무래도 이상하오. 놈들이 지금쯤은 건너왔어야 하거늘……."
 "혹시 정보가 잘못 전달된 게 아니오?"
 "어허, 소교주께서 직접 전달한 정보외다. 의심할 것을 의심하시구려."
 사람들이 웅성거리자, 파견무사들의 지휘자라 할 수 있는 화화종파의 종주 우진곽이 사람들을 진정시켰다.
 "이게 무슨 소란인가? 모두 그만들 하게."
 대부분이 입을 다물었다. 숲속이 고요해지자, 목령종파의 장로 하나가 조심스럽게 물었다.
 "종주, 계속 이곳에서 적을 기다리실 생각이십니까?"
 사실 우진곽도 의심이 들던 차였다. 그는 입술을 질끈 깨물고 한수 건너편을 바라보았다.

인기척은커녕 물 마시러 나오는 짐승조차 보이지 않았다.
그는 잠시 건너편을 둘러보고는 고개를 돌렸다.
"일단 양변으로 돌아가도록 하세."
양양진에서 오백 무사를 이끌고 온 수밀교의 장로가 반발했다.
"하오나 종주……."
"그만! 책임은 내가 진다. 어차피 정보대로라면 놈들은 백여 명에 불과해. 그 정도 인원이라면 충분히 상대할 수 있지 않은가?"
결국 우진곽이 결정을 내리자, 그들은 잠복해 있던 강가의 숲을 나왔다.
멀리서 그 광경을 지켜보던 정첩당의 무사는 급히 은신해 있던 곳에서 빠져나와 먼저 남쪽으로 달려갔다.
삼십 리를 달린 그는 정천맹과 벽검산장의 연합세력을 만나자 숨을 고를 새도 없이 구천신교의 움직임을 전했다.

구천신교 무사들은 자신들의 움직임이 노출된 것도 모르고 자신만만하게 관도를 따라 내려갔다.
그리고 반시진 후, 강가의 협곡을 지나가던 그들을 은잠 해 있던 정천맹 연합세력의 무사들이 공격했다.
숫자는 비슷했지만, 전력 면에서는 우진곽이 이끄는 구천신교 무사들보다 그들이 월등히 강했다.
게다가 운양장에 있던 무당파와 정천맹의 무사 이백오십여 명이 미리 제갈현종의 서신을 받고 남쪽으로 내려와 적시에 합세한 상황이었다.

어둠 속 협곡에 이천여 명이 몰려들자 제법 넓게 보이던 협곡이 병장기 든 인간들로 가득 찼다.

그리고 시간이 지나면서 싸움은 처절의 극치를 달렸다.

사지가 잘리고, 머리가 으깨지고, 내장이 쏟아지면서 회색빛 바위가 온통 시뻘겋게 물들었다.

협곡의 절벽을 타고 끊임없이 울리는 비명! 고함! 귀청을 찢는 병장기 부딪치는 소리!

아비규환의 지옥에서 울려 퍼지는 소리에 일대의 모든 짐승들이 머리를 굴속에 파묻었다.

억겁의 시간이 흐른 듯했다. 그러나 막상 싸운 시간은 그리 길지 않았다.

양면협공을 받은 구천신교의 구백 무사는 이각을 버티지 못하고, 시신 칠백여 구를 남겨 놓은 채 서쪽으로 도주했다.

정천맹 연합세력의 무사들은 환호할 새도 없었다.

갑자기 찾아온 정적 속에서 울리는 신음소리. 피냄새.

그들은 동료들의 시신과 부상자를 이끌고 협곡을 빠져나와 몸을 추슬렀다.

양양진에서 이백, 협곡 안에서 일백여 명.

연이은 격전으로 삼백무사를 잃었다. 물론 구천신교의 피해에 비하면 반의반밖에 되지 않는 대승이었다.

하지만 부상자까지 합하면 그 숫자가 근 절반에 이르렀다.
지금쯤 제갈세가에 있는 구천신교의 본진이 움직였을 터. 그들을 상대하려면 몸을 최상의 상태로 만들어야 했다.
한데 바로 그때 제갈현종이 말했다.
"몸을 추스르는 대로 다시 한수를 건너갈 겁니다."
장로들이 일제히 제갈현종을 바라보았다. 성한 자도, 부상을 입은 자도 한 가지 눈빛이었다.
"그게 무슨 말인가?"
"여기서 물러서다니? 진심으로 하는 말씀이신가?"
"군사! 제갈세가에 있는 놈들을 그냥 놔두겠다는 말씀입니까?"
"그럴 수는 없소이다! 재고해 주시오!"
제갈현종의 눈빛이 잘게 떨렸다. 그라고 해서 어찌 물러나고 싶을까. 제갈세가를 코앞에 두고 있거늘!
그러나 성한 사람은 팔백 정도. 그나마도 이백 정도는 부상이 제법 심했다.
물론 남은 자들이 정예 중의 정예라는 걸 모르진 않았다. 하지만 그들만으로 구천신교 본진과 결전을 벌인다는 것은 너무 위험했다.
사도무영과 계획을 짜며, 이쯤에서 물러나는 게 최선이란 그의 말에 수긍한 것도 그래서였다.
그 역시 양양진에서 힘을 집결시킨 후 구천신교와 건곤일척의 승부를 벌이는 게 낫다고 생각했으니까.

한데 의외로 반대가 심했다.

게다가 그 계획에 찬성했던 청무진인조차 연이은 쾌승에 마음이 바뀐 듯했다.

"군사, 피해가 적잖게 나긴 했으나 예상했던 것보다는 나은 것 같구려. 차라리 양번에 진을 치고 적의 움직임에 따라서 대처하는 게 어떻겠소?"

그의 마음에서 요충지인 양번을 빼앗기고 싶지 않다는 의지가 엿보였다.

제갈현종도 마음이 흔들렸다.

대정천의 고수들이 대부분 무사했다. 벽검산장의 무력도 생각보다 더 강했다. 그동안 본 실력을 발휘하지 않았던 게 괘씸하게 느껴질 정도로.

희생자는 대부분 정천맹의 일반 맹도와, 뒤늦게 도와주겠다고 달려온 강호의 협의지사들이었다.

인원은 삼 할이 줄었지만, 실질적인 무력의 손실은 부상자를 감안해도 이 할을 넘지 않았다.

'적절히 방어한다면 충분히 버틸 수 있겠어……'

일단 방어에 치중하면서 힘을 모으면 구천신교를 상대하지 못할 것도 없을 듯했다.

'문제는 그때까지 견딜 수 있느냐 하는 건데……. 좋아, 모두의 마음이 그렇다면 여기서 물러설 수 없지!'

내심 마음을 굳힌 제갈현종이 각 세력의 수뇌부를 둘러보았다.

"좋습니다. 대신 철저히 제 말에 따라주셔야 합니다."

그렇게 봄기운이 만발한 그날 밤. 강호의 정세가 촌각을 다투며 급변했다.

4.

제갈세가에 있는 북궁마야에게 양양진의 소식이 전해진 것은, 강가의 협곡에서 벌어진 싸움이 절정에 달했을 무렵이었다.

"어리석은 놈! 대정천이 나타났으니 신중히 방어하며 대처하라 일렀거늘, 공명심에 들떠서 단 하루를 못 버티다니!"

북궁마야의 노성이 삼층 전각을 뒤흔들었다.

일순간 그에게서 뻗어 나온 기운이 전각 내부 전체를 휘어감고, 전각 안의 공기가 싸늘하게 얼어붙었다.

다급히 모여든 삼십여 명의 구천신교 수뇌부들은 입을 꾹 다문 채 북궁마야의 명이 떨어지기만 기다렸다.

북궁마야는 늘어선 수뇌부들을 묵광이 번뜩이는 눈으로 죽 둘러보았다.

팔대 종파 중 육대 종파의 종주들과 각 종파의 장로, 단체의 수장들이 그의 안광을 견디지 못하고 고개를 숙였다.

숨 막히는 정적이 절정에 달했을 무렵, 그의 입이 열리고, 침전된 분노가 목소리에 섞여 흘러나왔다.

"양양진을 무너뜨린 놈들이 강을 건넜다. 아마 놈들은 양번에 남은 교도들을 먼저 처리한 다음, 힘을 모아 본격적으로 움직이려고 하는 것 같다. 흥, 그렇게 놔둘 순 없지!"

코웃음을 친 그가 잠시 말을 멈추자, 바로 앞쪽에 서 있던 붉은 장포를 입은 노인이 굳은 표정으로 입을 열었다.

"대교주, 명을 내려주십시오! 놈들에게 진정한 구천의 힘을 보여주겠습니다!"

노인답지 않게 탄탄한 체구를 지닌 그가 바로 일양종파의 종주인 철진양이었다.

북궁마야가 사위를 둘러보며 말했다.

"이 기회에 그들을 처리하고 하남을 공략할 것이다!"

그는 말을 끝내고 옆을 바라보았다. 그의 옆에는 머리에 검은 도관을 쓴 오십 대의 초로인이 서 있었다.

세모꼴 가는 눈에 입술이 거의 안 보일 정도로 얇은 자. 그는 비천사(秘天士) 신유조라는 자였다. 그동안 한 번도 대중 앞에 모습을 드러낸 적이 없던 북궁마야의 숨겨진 두뇌.

"비천사, 비령조는 보냈느냐?"

"예, 대교주. 명을 받은 즉시 보냈습니다."

비령조(秘靈組)는 흑령조, 혈령조(血靈組)와 함께 삼비조 중 하나로, 추적에 있어서는 타의추종을 불허하는 자들이었다.

북궁마야는 신유조에게 그들을 보내 북궁조의 흔적을 찾으라고 명했다.

북궁조의 실력이라면 어떤 어려움이 있어도 빠져나올 수 있을 거라 생각했다. 그런데 아무런 연락도, 어디에 있다는 보고도 없는 것이다.

'어떻게 된 거지?'

하지만 큰 걱정은 하지 않았다.

'별일 없을 거다. 그 아이는 하늘이 정해준 운명을 타고난 아이가 아니던가?'

비령조라면 북궁조를 찾는 일이 어렵지 않을 터. 북궁마야는 우려를 털고, 앞에 늘어선 각 종파의 수장들을 바라보았다.

"지금 즉시 각 종파의 교도들을 모두 집합시켜라! 일각 후에 출발할 것이다!"

"예, 대교주!"

"현천의 세상을 위해!"

"대교주의 뜻을 받드옵니다!"

각 종파의 수장들이 우르르 전각을 나가자, 북궁마야는 허공을 노려보았다.

'며칠 후면 혈음사의 혈승들이 도착할 것이다. 악이 역시. 조아가 사흘만 버텨줬어도······.'

손해가 큰 것이 아쉽지만 이미 지나간 일, 그는 숨을 한 번 들이키는 것으로 미련을 떨쳤다.

전쟁은 이제 시작일 뿐이었다.

1.

 사도무영은 타오르는 수십 개의 화톳불에 은은히 물들어 있는 제갈세가를 바라보았다.
 융중산 남쪽 자락을 드넓게 차지한 제갈세가의 장원은 어느 곳에서도 한눈에 들어오지 않았다.
 하지만 눈에 들어오는 것을 보는 것만으로도 장원 안에서 급박한 움직임이 일고 있다는 게 선연하게 느껴졌다.
 '역시 제갈현종의 말대로 공세보다 방어에 더 좋은 지형이야. 저들이 지형을 철저히 이용한다면 제아무리 정천맹과 대정천과 벽검산장이 강하다 해도 이기기 쉽지 않겠어.'
 정상적인 상태에서 붙어도 승산이 반반에 불과하다. 하물며 정천맹은 연이은 격전으로 피해가 많은 상태다.

 거기에 지형적인 유리함마저 구천신교가 이용한다면 승부는 불문가지. 제갈현종과 계획을 세우며 일단 후퇴하기로 한 것은 잘한 일인 듯했다.

 청산이 푸르른 한 복수는 십 년도 늦지 않다고 하지 않던가.

 '바로 움직일 생각인 것 같군.'

 예상하고 있던 움직임이었다. 북궁조가 당했다는 게 알려졌다면 발등에 불이 떨어진 기분일 테니까.

 사도무영은 장원으로 접근해 그림자 사이로 스며들었다. 건물 두 채를 돌아가자 연무장이 눈에 들어왔다.

 사도무영은 처마 밑의 어둠 속에 몸을 숨기고 상황을 지켜보았다.

 드넓은 연무장에 수많은 무사들이 모여들고 있었는데, 숫자가 많아질수록 그의 표정이 굳어졌다.

 숫자가 조금 많은 듯 보이지만, 그리 큰 차이는 나지 않았다. 그러나 양양진에 있던 자들과 제갈세가에 남은 자들의 개개인 무력은 많은 차이가 났다.

 자신조차 압박감을 느낄 정도이니 말해 무엇하랴.

 하긴 양양진에 있던 자들 중 구천신교의 주력은 일부분에 불과했다. 나머지는 마도십삼파에서 끌어들인 자들이었고. 이들과 차이가 나는 것은 당연한 일이었다.

그때 문득 의문이 생겼다.

이만한 힘이 있는데, 왜 적극적으로 밀어붙이지 않은 걸까?

정천맹의 본진을 끌어들이기 위해서? 대정천을 양지로 끌어내려고? 그도 아니면 아직 때가 아니라 생각해서?

수많은 의문이 찰나간에 줄줄이 떠올랐다.

하지만 그런 의문을 풀 시간적인 여유가 없었다.

무사들이 집결하면 곧장 양번으로 갈 것이다. 어쩌면 연합세력을 치기 위해서 위험을 무릅쓰고 양양진으로 건너갈지도 몰랐다.

구천신교의 남은 전력이 예상보다 강하게 보이는 이상 어쩌면 계획을 수정해야 할지도 몰랐다.

'여차하면 양양진도 포기해야 될 것 같군.'

그런데 그들이 양양진을 포기할까?

솔직히 그럴 가능성은 반도 안 되었다.

'제갈 군사가 현명한 판단을 내리기만 바라는 수밖에.'

그는 까맣게 몰랐다. 정천맹 연합세력이 계획을 변경했다는 걸.

사도무영은 은신해 있던 곳에서 나와, 좀 더 안으로 들어간 후 삼층 전각의 지붕 위 그림자 속으로 자리를 옮겼다.

삼층 전각은 경비가 그리 삼엄하지 않았다. 그 위로 올라간다면 상황을 보다 더 확실하게 알 수 있을 듯했다.

한데 바로 그 순간! 유부의 결계와 같은 묘한 끈적거림이 그의 신경을 자극했다.

'설마 진세?'

불길함을 느낀 그는 삼층 전각의 뒤쪽으로 신형을 날렸다. 그러나 유령과 같은 움직임이었는데도 상대의 눈을 완전히 피하지는 못했다.

"쥐새끼를 잡아라!"

전각 안에서 카랑카랑한 호통이 터져 나왔다.

동시에 십여 줄기의 그림자가 전각 안에서 쏟아져 나오더니 그를 향해 쇄도했다.

빠르고 은밀한 움직임!

달려드는 자들에게서 칼날처럼 예리한 기운이 뻗어온다.

'제길! 너무 안이했어! 경비가 허술한 것을 수상하게 생각했어야 하는데!'

사도무영은 정원의 나뭇가지를 차고, 공격자들의 반대쪽으로 방향을 꺾었다. 동쪽이나 북쪽이 아닌 서쪽으로.

양번과는 반대 방향이지만, 지금 당장은 이곳을 빠져나가는 것이 급선무였다.

그러나 그나마도 쉽지 않았다.

전각 안에서 나온 자들 중 셋이 그가 가려는 방향을 막았다.

핏빛 붉은 혈포, 유난히 검어 보이는 얼굴, 회색빛 눈동자. 밤이어서 더욱 섬뜩함이 강하게 느껴지는 괴이한 자들이었다.

사도무영은 날아가면서 좌수로 회천지를 펼치고 수라도를 빼들었다.

혈포인들은 반사적으로 손과 도검을 휘둘러 회천지를 막아냈다.

퍼벅!

도검과 장력에 튕겨진 회천지가 혈포인들의 팔과 어깨를 강타했다.

그 여력에 혈포인들의 몸이 뒤로 주욱 날아갔다.

그러나 혈포인들은 별다른 타격을 받지 않은 듯 땅에 내려서자마자 곧바로 중심을 잡고 다시 달려들었다.

땅에 내려선 사도무영은 눈살을 찌푸렸다.

회천지의 타격감이 이상했다.

쇳덩이를 친 기분. 결코 정상적인 느낌이 아니었다.

'수라마체와 비슷한 괴물들인가?'

비슷해 보이지만 많은 것이 달랐다.

혈포인들은 수라마체와 비교할 수 없게 빨랐고, 움직임도 부드러웠다. 게다가 공력도 흑령조라던 자들 못지않았고, 정신도 수라마체보다 멀쩡해 보였다.

만약 신체마저 수라마체처럼 강하다면 정말 두려운 존재가 아닐 수 없었다.

물론 사도무영 앞에서 그러한 차이는 오십보백보, 도토리 키 재기였지만 그래도 귀찮은 것만은 분명했다.

그 차이로 인해 길이 막힐지 모르는 것이다. 최대한 빨리 이곳을 빠져나가지 못하면 영영 빠져나가지 못할지도 모르거늘!

사도무영은 다시 몸을 날리고는, 달려드는 혈포인들을 향해 수라도를 휘둘렀다.

넘실거리는 도강이 전방의 혈포인들을 휘어 감았다.

그때 다른 혈포인들이 날아들었다.

순식간에 사방을 에워싼 혈포인들은 동료의 안전을 무시한 채 오직 사도무영만 공격했다.

사도무영은 회천무벽으로 몸을 보호하고 수라도에 더욱 강한 기운을 쏟아 부었다.

콰아아아!

떠더덩! 콰광!

정면의 혈포인 중 하나는 어깨가 쩍 갈라지고, 하나는 칼이 허공으로 날아가고, 하나는 부러진 검날이 눈에 박힌 채 나뒹굴었다.

그 직후 사도무영은 뒤에서 밀려드는 거센 공세를 피하기 위해 허공으로 솟구쳤다.

몇 줄기는 발밑으로 스쳐가고, 두어 줄기 공세가 사도무영을 강타했다.

떠덩!

하지만 회천무벽의 탄자결은 오히려 그를 가격한 자들을 튕겨냈다.

사도무영은 눈썹만 살짝 찡그리고, 오히려 그 반탄력을 이용해 방향을 꺾은 후 빗살처럼 날아갔다.

바로 그때, 날아가는 앞쪽으로 한 사람이 날아내렸다.

"어딜 가느냐!"

호교무장전에서 북궁마야의 옆에 고요히 서 있던 네 명의 묵포중년인 중 하나였다.

사도무영은 대답 대신 아수라무광일도단천식을 펼쳤다.

번쩍!

수라도의 도첨에서 벼락이 터지자, 어둠을 산산이 가르며 수백 줄기의 도강이 한밤중의 소나기처럼 쏟아졌다.

"헉!"

묵포중년인은 가공할 도세에 경악성을 내지르며 혼신을 다해 검막을 펼쳐서 도강의 소나기를 막았다.

콰과광!

주르륵, 대여섯 걸음을 물러선 묵포중년인의 얼굴이 참담하게 일그러졌다.

"크으윽!"

"흥! 죽고 싶으면 막아봐!"

사도무영은 냉소를 지으며 다시 신형을 솟구쳤다.

또 다른 묵포중년인과 수십 명의 무사들이 몰려들고 있었다. 숨 몇 번 쉴 시간이면 그 숫자가 수백으로 불어날 터. 최악의 상황은 피해야했다.

그는 전력을 다해서 용천풍을 펼치며 건물을 하나 넘었다.
 순간, 노성과 함께 숨이 꽉 막힐 정도의 거대한 기운이 옆에서 밀려들었다.
 "참으로 대담한 놈이로구나!"
 잊을 수 없는 목소리!
 '북궁마야!'
 피하기에는 늦은 상황. 그렇다고 회천무벽만으로 북궁마야의 공세를 감당할 수는 없는 일이었다.
 사도무영은 허공에서 빙글 몸을 돌리며 좌장을 내밀었다.
 콰르릉!
 천둥소리와 어둠을 흔든 순간, 거대한 기운과 풍뢰수가 정면으로 충돌했다.
 쩌저저적!
 대기가 진저리쳤다. 수십 장 두께의 얼음이 그물처럼 쪼개지는 소리가 나는가 싶더니, 일성 굉음이 귀를 먹먹하게 했다.
 콰앙!
 '흡!'
 사도무영은 숨이 턱 막히는 충격에도 이를 악물고 용천풍을 펼쳤다. 그리고 눈 깜짝할 순간에 건물을 넘어 어둠 속으로 녹아들었다.
 카랑카랑한 목소리가 다시 울렸다.
 "현천사호령과 혈령조는 놈을 쫓아라!"

열둘로 이루어진 혈령조와 현천사호령이라 불리는 묵포중년인 넷이 사도무영을 쫓아 몸을 날렸다. 개중에는 어깨가 갈라진 자와 눈에 부러진 검날이 박힌 자도 있었다.

한편, 훌훌 날아 땅에 내려선 북궁마야는 눈빛을 잘게 떨며 어이없다는 표정을 지었다.

"저놈이 누군데……!"

믿을 수가 없었다. 칠성의 공력만 썼기에 놓쳤다는 것은 이유가 되지 않았다.

혈령조와 현천사호령의 공격을 받은 놈이다. 게다가 놈은 엉겁결에 돌아서며 자신의 공격을 맞받아쳤다.

그것도 한 손으로!

'천하에 저런 놈이 있었다니!'

그때 문득, 상대의 손에 들린 도가 떠올랐다. 언젠가 본 적이 있는 도, 도법이었다.

"설마……, 사영? 놈은 분명 동방경이 죽였다고 했거늘……."

북궁마야의 이마에 깊은 골이 파였다.

사영은 수십 명의 절정고수를 상대하고도 오히려 그들에게 막대한 피해를 입힌 자. 간단히 생각할 자가 아니었다.

'양양진이 왜 그리 쉽게 무너졌나 했더니, 저 놈이 있었어!'

"대교주! 괜찮으시옵니까?"

카랑카랑한 목소리의 주인이 북궁마야의 옆으로 다가오며

물었다.

　나이를 짐작키 힘든 노인이었다. 그는 다른 사람과 달리 머리에 뾰족한 도관을 쓰고 있었는데, 그가 바로 현천교의 현 제사장인 미불사였다.

　"괜찮네. 그보다 시간을 지체할 때가 아닌 것 같군."

　절대고수 한 사람이 이러한 싸움에서 미치는 영향은 지대하다. 만약 사영이 정천맹과 손을 잡았다면 가벼운 문제가 아닐 터. 놈이 합류하기 전에 정천맹을 쳐야했다.

　북궁마야는 주위로 몰려든 각 종파의 수뇌들을 둘러보았다.

　"지체하지 말고 지금 즉시 교도들을 출발시켜라. 정천맹도의 피로 대지와 한수를 물들이고 놈들에게 현천의 위대함을 보여주어라!"

　명이 떨어진 이상 망설일 이유가 없었다.

　각 종파의 수뇌부들은 허리를 깊숙이 숙이며 소리쳤다.

　"알겠사옵니다, 대교주!"

　"명을 이행하겠나이다!"

　"현천의 영광을 위하여!"

　건물 세 개를 지나치자 담장이 보였다.

　대부분의 무사들이 연무장에 모인 터라 그의 앞을 막는 자는 많지 않았다. 또한 당장 그의 걸음을 세울 만큼 극강의 고수도 없었다.

하지만 그들로 인해서 발길이 지체되는 바람에 좀처럼 추적을 떨칠 수가 없었다.

문제는 구천신교의 무사들이 장원을 빠져나가고 있는데, 자신은 반대방향으로 가고 있는 것이다.

'동쪽으로 방향을 돌려야 하는데……'

그러나 핏빛 전포를 입은 자들과 묵포중년인들이 끈질기게 따라붙고 있어서 당장 방향을 돌리기도 쉽지 않았다.

물론 천고의 신법 용천풍이 있기에 이들에게 잡힐 염려는 없었다. 하지만 그렇다고 문제가 끝나는 것도 아니었다.

양번까지 이들을 달고 갈 수는 없는 일이 아닌가.

다행이라면 추적해오는 자가 그들뿐이라는 것 정도. 그리고 담장이 멀지 않다는 점이었다.

낮게 날아가는 제비처럼 단숨에 삼십여 장을 날아간 사도무영은 일단 담장을 넘었다.

피할 수 없다면 무너뜨리고 가는 수밖에!

"퉤!"

담장을 넘은 사도무영은 입안과 목에 고인 핏물을 뱉어냈다.

과연 북궁마야다. 회천무벽과 풍뢰수를 일수에 무너뜨리다니. 자만하지 않고 전력을 다해서 공격했다면 큰 내상을 입을 뻔했다.

정상적인 대결이 아니라는 걸 누구보다 그가 잘 알았다.

만약 정상적인 대결이었다면 밀리지 않았을 것이다. 하다못해 두 손으로 맞받아칠 수만 있었어도.

하기에 그는 실망하지 않았다. 실망보다는 북궁마야의 무위를 몸으로 직접 느껴봤고, 그로 인해서 자신감이 생겼다는 것에 만족했다.

"다음에 만나면 오늘의 빚을 확실하게 갚아줄 거요, 기대하쇼."

그는 냉소를 지으며 입가를 소매로 닦았다.

피를 뱉고 입가를 닦는 사이 혈령조와 현천사호령이 담장을 넘어왔다.

공격은 촌각이 아까운 사도무영이 먼저 시작했다.

"어디 본격적으로 시작해볼까!"

쉬이익! 콰르릉!

수라도가 어둠을 가르고, 풍뢰수가 허공을 터트렸다.

일도 일수에 두 명의 혈포인이 튕겨졌다.

하지만 사도무영은 그들이 바로 일어날 거라는 걸 알고 있었다. 눈에 검날이 박힌 자도 멀쩡하게 움직이고 있지 않은가 말이다.

'빌어먹을, 역시 육성의 공력으로는 저 괴물들을 죽일 수 없는 건가?'

북궁마야와의 격돌로 약간의 내상을 입은 상태. 혹시 모를 상황을 대비해서 공력을 아끼려했다.

그러나 괴물 같은 자들을 이대로 놔두고 가는 것도 영 찝찝했다.

'좋아, 이놈들이라도 제거하자.'

후우웅!

그가 공력을 팔성까지 끌어 올리자, 수라도에서 뿜어지는 도강이 영롱한 청광을 발했다.

"조심하게! 철저히 합공해지 않으면 이길 수 없는 자네!"

사도무영에게 부상을 당한 묵포중년인이 소리쳤다. 한 번의 격돌로 단단히 혼이 난 듯했다.

그가 굳이 말하지 않아도 나머지 묵포중년인들 역시 사도무영을 경시하지 않았다.

자신들조차 셋을 감당하기 힘든 혈령조의 괴물들을 허수아비처럼 튕겨내는 자가 아닌가.

그들은 사방을 점하고, 혈령조의 공세를 보조하며 사도무영을 상대했다.

하나하나가 초절정고수이며, 넷이면 절대고수도 두려워하지 않는 현천사호령이었다. 그들이 신중하게 사방진을 펼쳐 대항하자 사도무영도 그들을 상대하기가 쉽지 않았다.

더구나 도강이 아니면 살에 흠집도 나지 않는 혈령조 열둘이 달려드는 판이었다.

사도무영은 먼저 혈령조를 제거하기로 작정했다.

어둠을 뒤흔드는 강기의 폭풍!

쉬이이익! 따당! 쩌정!

팔성의 공력이 실린 수라도가 어둠을 가를 때마다 혈령조의 괴물들이 사정없이 튕겨졌다. 비명도 없고 신음도 없는 그 광경은 괴이하기까지 했다.

사도무영은 그들을 유령처럼 따라붙었다. 그리고 격공이 아닌 직접적인 타격을 가했다. 혈령조의 괴물 같은 신체를 완벽히 부수기 위해서!

근접해야 하는 만큼 위험도가 높아지지만, 빠른 해결을 위해선 감수하는 수밖에 없었다.

사도무영은 자신을 빤히 쳐다보는 혈포인의 목을 팔성의 공력이 실린 수라도로 그었다.

서걱!

강력한 저항이 느껴지는가 싶었지만, 결국은 혈포인의 목이 쩍 갈라졌다.

취이익!

비명도 없이, 목에서 뿜어진 피분수가 허공으로 솟구쳤다.

그 와중에도 혈포인은 멍한 눈빛으로 사도무영을 바라보며 손을 휘둘렀다.

무의식적인 손짓. 진정 괴물이라 아니할 수 없었다.

사도무영은 그 손을 피하며 신형을 뽑아 올렸다. 목이 잘린 자의 공격 때문이 아니었다. 뒤와 옆에서 혈포인들이 달려들고 있었다.

검강도강이 난무하며 사도무영을 향해 쇄도했다. 거기다 기회라 생각했는지 묵포중년인 둘이 날아들었다.

순간 사도무영의 전신에서 회오리바람이 일었다.

콰아아아!

혈포인들의 공격 중 두어 줄기가 회천무벽의 회자결에 휘말리며 옆으로 흘렀다. 하지만 공격에 가담한 혈포인은 셋이 더 있었다.

사도무영은 수라도를 휘둘러 그들을 막아냈다.

쩌저정! 쾅!

혈포인 둘이 이 장 밖으로 튕겨지고, 하나는 가슴이 쩍 벌어진 채 심장에서 피를 뿜어내며 뒤로 널브러졌다.

또 하나의 혈포인이 회복 불능의 상처를 입은 채 제거되었다. 이제 남은 자는 열.

그러나 혈포인을 제거하는 순간 약간의 틈이 벌어지자, 현천사호령이 그 기회를 놓치지 않고 전력을 다해서 공격했다.

"죽어라!"

"이놈!"

두 사람 모두 초절정의 고수들. 그들의 공세에는 사도무영이라 해도 얕볼 수 없는 힘이 실려 있었다.

사도무영은 허공에서 빙글 몸을 돌리며 수라도를 휘둘렀다.

시퍼런 도강이 채찍처럼 휘어지더니, 우측에서 달려들던 묵포중년인의 검세를 후려쳤다.

쾅!

우측의 묵포중년인은 눈을 부릅뜬 채 뒤로 튕겨지고, 사도무영은 그 힘을 역이용해서 스르르 옆으로 이 장 가량 미끄러졌다.

그와 동시 좌측의 묵포중년인이 달려들었다.

찰나였다. 사도무영의 입가에 차디찬 냉소가 떠올랐다.

순간!

철컥.

사도무영의 좌수에서 작은 소음이 흘러나왔다.

지옥마갑이 틀어지는 소리.

동시에 지옥전이 튀어나왔다.

쐐애액!

"헉!"

좌측의 묵포중년인은 반사적으로 몸을 틀었다. 날아드는 속도가 워낙 빨라서 검으로 쳐낼 시간조차 없었다.

목을 스치고 지나가는 섬뜩한 느낌!

소름이 끼친 그는 가느다란 실이 보이자 검을 휘둘렀다.

'이건 뭐……?'

그때 그의 목을 스치고 지나간 지옥전이 원을 그리며 회전했다.

휘리릭!

사도무영은 지옥전사를 확 잡아당겼다.

묵포중년인의 목을 감은 지옥전사가 살 속으로 파고들었다.
사도무영은 그 힘을 이용해 허공을 유영했다.
"크억!"
묵포중년인의 입에서 억눌린 비명이 새어나왔다.
공포에 질린 그는 살을 파고든 지옥전사를 손으로 붙잡고 풀어내려 했다. 그러나 사도무영이 지옥전사에 공력을 주입하자 손가락과 목이 동시에 잘리며 피가 솟구쳤다.
단숨에 묵포중년인 하나를 제거한 사도무영은 혈포인의 머리 위로 떨어져 내리며 도를 그었다.
시퍼런 도강이 혈포인의 이마를 가르며 내리꽂혔다.
쉬익! 쩍!
괴물처럼 강한 신체를 자랑하던 혈포인이지만, 팔성 공력이 실린 수라도를 맨몸으로 막을 수는 없는 일이었다.
이마에서 목까지 붉은 선이 그어진 그는 비틀비틀 물러서더니 그 자리에 무너졌다. 그나마 몸이 반쪽으로 갈라지지 않은 것만도 놀라운 일이었다.
남은 자는 혈령조가 아홉, 현천사호령이 셋.
혈령조야 애초에 감정이 없으니 어쩔 수 없다지만, 현천사호령은 그들과 달랐다. 일반 사람과 같지는 않아도 원초적인 감정만큼은 그대로 남아 있는 것이다.
그들은 혈령조가 달려드는 것을 보면서도 발이 쉽게 떨어지지 않았다.

눈앞에서 혈령조원 셋이 죽고 삼령의 목이 잘렸다. 그것도 혈령조와 현천사호령이 협공하는 와중에 말이다.

공포가 그들의 정신을 엄습했다.

폭풍처럼 휘도는 기운이 밀려들 때마다 몸이 굳어버리는 느낌.

하지만 대교주와 제사장의 명이 떨어진 이상 목숨은 이미 그들의 것이 아니었다.

현천사호령의 수장인 일령은 입술이 터지도록 질끈 깨물어 두려움을 떨치고는 잇새로 소리쳤다.

"놈과 함께 죽는다!"

다른 두 사람도 손에 들린 무기를 움켜쥐고 사도무영을 노려보았다.

"우리의 목숨은 어둠의 하늘에 바쳐졌으니!"

"현천을 위한 죽음은 영광되리라!"

진언을 외우듯 일제히 소리친 세 사람은 사도무영을 향해 접근했다.

사도무영은 현천사호령이 외치는 소리를 듣고 수라도에 공력을 집중시켰다.

목숨을 도외시하는 자들만큼 무서운 적은 없다. 확실한 죽음을 보기 전까지는 절대 안심하면 안 되는 법.

그는 일단 혈령조의 포위망을 빠져나가기 위해 수라도를 사선으로 쳐올렸다.

찰나!

쩌저적!

혈령조의 괴물들을 향해 두 줄기 번개가 쳤다.

전면을 막고 있던 두 명의 혈포인이 번개에 직격당한 사람처럼 뒤로 날아갔다.

직후 사선으로 쳐올린 도가 원을 그리자, 좌측에서 달려들던 자의 팔 하나가 어깨에서 잘린 채 허공으로 튀었다.

사도무영은 단숨에 포위망을 가르고 그물에서 빠져나왔다.

그때 현천호령 셋이 사도무영을 따라 움직이며 전력을 다한 공격을 퍼부었다.

허공으로 튀어오르며 빙글 몸을 회전시킨 사도무영은 그 자세 그대로 일령을 향해 도를 그었다.

시퍼런 도강이 부챗살처럼 퍼지며 일령을 뒤덮었다.

떠더더덩!

일령은 전력을 다해 막았지만 둘 사이의 간극이 너무 컸다.

"크윽!"

일령은 격한 신음을 토하며 튕겨지고, 사도무영은 멈칫하며 더 나아가지 못했다.

순간 좌우에서 쇄도하던 이령과 사령의 도검에서 뻗어 나온 강기가 사도무영을 조각조각 갈라버릴 것처럼 날아들었다.

그뿐이 아니었다. 혈령조의 괴물들도 아귀처럼 달려들었다.

사도무영은 용천풍에 귀영신법의 환절영을 가미했다.

그의 신형이 좌우로 흔들리는가 싶더니 넷으로 나누어졌다.

혈령조와 이령, 사령은 갑작스런 환영에 당황했다.

찰나의 기회!

'무리를 해서라도 여기서 끝낸다!'

작정을 한 사도무영은 회천무벽의 회자결을 펼친 상태에서 구성의 공력으로 아수라무광일도단천식과 풍뢰수를 쏟아냈다.

콰아아아!

삼 장 일대의 땅거죽이 강기의 폭풍에 휘말리며 솟구쳤다.

바위도, 나무도 벼락을 맞고 태풍에 휩쓸린 것처럼 산산이 부서져 흩어졌다.

쩌저저정! 콰과광!

동시다발로 터져 나오는 연속된 굉음!

혈령조원은 물론이고 이령과 사령도 철벽에 부딪친 것마냥 뒤로 튕겨졌다.

"커어억!"

"흐윽!"

튕겨져 날아가는 이령과 사령의 입과 몸에서 거친 신음과 핏물이 동시에 흘러나오고, 혈령조의 괴물들도 사지가 잘리거나 몸이 쩍 벌어진 채 피분수를 뿌리며 나뒹굴었다.

폭풍이 휘몰아친 곳에 오연히 서 있던 사도무영은 허공으로 솟구쳤다.

연속된 공격으로 북궁마야에게 입은 내상이 깊어졌다. 당장 우려할 정도는 아니었지만, 내상이 더 심해지면 이겨도 득이 아니었다.

'이 정도면 살아난 놈들도 당분간 움직일 수 없겠지.'

그는 일단 그 정도에서 공격을 멈추고 제갈세가에서 멀어졌다.

2.

정천맹 연합세력은 양번에 도착해서 외곽의 승경평에 진을 쳤다.

하지만 채 일각이 되기도 전, 구천신교의 무사들이 밀려오고 있다는 긴급보고가 전해지자, 정천맹 연합세력은 초긴장상태가 되었다.

제갈현종은 즉시 청무진인, 동방력, 백리양문 등 각 세력의 수뇌부를 모으고 각자 맡을 위치를 선정해 주었다.

동방력은 이러쿵저러쿵 따질 겨를도 없이 벽검산장의 검사들을 이끌고 정천단과 함께 승경평의 중앙으로 나갔다.

승경평은 융중산과 양번 사이의 평원으로, 일대에서 이곳만큼 방어를 함에 있어 지형의 이점을 살릴 수 있는 곳이 없었다.

그것은 오랜 세월 양번을 지배해온 제갈세가가 아니면 모르는 사실이었다.

아마 구천신교는 아직 그러한 사실까지는 파악하고 있지 못할 것이었다.

하지만 그 이점이라는 것도 전력의 차이가 크면 아무 소용이 없었다.

'사도 소협이 빨리 와야 적의 정확한 무력을 알 수 있을 텐데.'

정천맹이라 해서 손 놓고 있었던 것은 아니었다. 나름대로 정보를 모아왔기에, 현재 제갈세가에 머물고 있는 자들의 무력이 어느 정도인지는 대략 짐작하고 있었다.

그러나 정첩당과 사도무영의 판단은 질적인 면에서 차이가 날 수밖에 없었다. 삼류고수와 절정고수가 적을 상대하고 느끼는 것이 다르듯이.

문제는 자신이 사도무영과 세웠던 계획을 틀어버렸다는 점이었다.

만나기로 약속한 곳은 양양진이지 양번이 아니었다. 그런데 자신은 그를 양번에서 기다리고 있는 것이다.

'이해해 주겠지.'

제갈현종이 초조하게 사도무영을 기다리고 있을 때였다.

"적이 온다!"

앞쪽 저 멀리서 고함소리가 들려왔다.

이제는 어쩔 수 없었다. 자신들이 알아낸 정보를 바탕으로 싸우는 수밖에.

제갈현종은 목에 힘을 주고 소리쳤다.

"정의를 위하여 목숨을 아끼지 마라! 구천신교의 무리를 물리치지 못하면 형제들의 피가 산하(山河)를 적실 것이다! 모두 죽을힘을 다해 마의 무리를 물리쳐라!"

정천맹의 수뇌부들도 각기 자파의 무사들을 독려했다.

"강호의 정의를 위해!"

"아미타불! 악의 무리는 결코 정의를 이길 수 없음이니!"

"물러서지 마라! 목숨을 바쳐 정의를 이루자!"

와아아아아!

"와라! 마의 무리여!"

사기충천한 정천맹 맹도들의 외침에 벽검산장 검사들마저 얼굴이 벌게졌다.

그간에는 모종의 계략에 의해 움직였다. 하지만 그들도 검을 든 무사. 어찌 정과 협을 위해 검을 쓰고 싶지 않을 것인가!

그들의 들끓는 마음은 벽검삼노와 동방력이 제어할 수 없을 정도로 달아올랐다.

동방력은 검사들의 마음을 짐작하고 지그시 이를 악물었다.

'어차피 구천신교와 선을 긋기로 한 이상 철저히 하자.'

만약 오늘 혁혁한 공을 세운다면, 용검회의 회주 자리를 노리는 것도 훨씬 수월해질 것이었다.

회주가 사경을 헤매고 있거늘, 저들에게는 동방경 같은 젊은 고수가 없다. 거기다 천하를 구한 공을 세운다면 누가 반대할 것인가 말이다.

그는 벽검삼노와 동방경을 바라보았다. 시선이 동방주천에게서 멎었다.

"이제 다른 선택을 할 수도 없습니다. 어차피 피할 수 없다면, 천하에 우리 동방가의 이름을 날린 후 장안으로 갈 겁니다. 가서 당당히 순우가에게 요구할 겁니다."

그 요구라는 것이 무엇인지 동방주천이 어찌 모를까.

"가주는 너다. 네 뜻대로 해라."

특히나 동방경은 젊은이답게 가슴이 뛰었다.

영웅! 천하를 구한 영웅이 된다는 것. 그거야말로 강호에 몸 담은 무사의 열망이 아니던가!

"아버님 뜻에 따르겠습니다!"

동방력은 어둠속에서 늑대 떼처럼 밀려드는 구천신교 교도들을 보며 검을 뽑았다.

"벽검산장의 검사들은 검을 펼침에 있어 한 점 인정도 두지 마라!"

차차차창!

좌우로 늘어선 벽검산장 이백오십 무사가 일제히 검을 뽑았다. 이제까지와는 다른 결의가 깃든 검이었다.

그들이 검을 뽑자 정천맹의 무사들도 일제히 무기를 뽑았다.

"정의의 검으로!"

"마도를 물리치자!"

"대열을 흩트리지 마라! 간격을 유지해!"

3.

 흔들린 내력을 가라앉히는데 일각 가량이 걸렸다.
 북궁마야에게 입은 내상이 아직 남았지만 전력을 다할 일만 아니라면 크게 지장을 받을 것 같진 않았다.
 사도무영은 움푹 파인 바위 밑에서 나와 계곡의 능선 위로 올라갔다.
 어둠 속, 아득히 먼 곳에서 이질적인 소리가 들린 것은 바로 그때였다.
 '싸우는 소리, 그것도 대규모 싸움이다. 설마……?'
 청력을 돋운 사도무영의 표정이 급변했다.
 구천신교의 무사들이 양번으로 갔다는 건 그도 아는 일이었다. 만약 소수의 적을 만났다면, 파도가 모래탑을 무너뜨리듯 밀려가서 소리 없이 쓸어버릴 터였다.
 그렇다면 다수의 적을 만났다는 말.
 한데 일대에서 구천신교에 대항할 수 있는 다수의 적은 오직 하나뿐이었다.
 "빌어먹을!"
 사도무영의 입에서 절로 욕설이 흘러나왔다.
 정천맹 연합세력이 한수를 건너지 않은 것 같다.
 제갈현종이 자신과 세운 계획을 틀어버린 건가, 아니면 다른 자들이 제갈현종의 명에 불응한 건가.

어쩌면 둘 다일지 몰랐다.

'이래서 정천맹이 마음에 안 든다니까! 그놈의 정의만 내세우면 모든 것이 다 통할 줄 아는 고리타분한 자들! 젠장!'

사도무영은 소리가 들리는 곳을 향해 전력으로 선풍류를 펼쳤다.

산허리를 돌아가자 싸우는 소리가 더욱 크게 들렸다.

병장기 부딪치는 날카로운 소리, 기운이 부딪치는 폭음, 비명, 신음, 악다구니.

어둠이 거센 파도처럼 출렁이고, 짙은 혈향이 바람을 타고 날아들었다.

산허리를 돌아 승경평이 내려다보이는 바위 위에 올라선 사도무영의 입에서 다시 한 번 나직한 불평이 흘러나왔다.

"제기랄……."

싸움은 이미 절정을 향해 치닫고 있는 상황. 달빛이 쏟아지는 승경평에 수천의 무사들이 뒤엉켜 있었다.

이미 바닥에 쓰러져 움직이지 못하는 사람만도 수백에 달했고 신음을 흘리며 바닥을 기고 있는 자 또한 수백이었다.

건곤일척(乾坤一擲)!

천하의 향방을 가르는 대격전이다.

천하를 얻겠다는 구천신교, 복수와 정의라는 두 마리 토끼를 동시에 잡겠다는 정천맹과 대정천, 벽검산장의 연합세력.

양측 모두 절대 물러서지 않겠다는 의지로 전력을 쏟아낸다.

그들은 아는 것이다. 오늘 밤의 격전이 어떤 의미인지.

하지만 하늘은 두 세력의 손을 동시에 들어주지 않았다.

연합세력이 밀리는 게 확연히 느껴졌다. 시간이 지날수록 그 간극은 더욱 커질 것처럼 보였다.

'일단 소연도장과의 약속부터 지켜야겠군.'

수라도를 움켜쥔 그는 승경평을 향해 몸을 날렸다.

콰르릉!

어둠 속에서 벼락이 터지고, 구천신교 무사 서너 명이 한꺼번에 무너졌다.

그게 시작이었다. 무당제자들을 공격하던 구천신교 무사들 십여 명이 사도무영의 수라도와 장력에 무너지자 포위망에 구멍이 뻥 뚫렸다.

안간힘으로 버티고 있던 무당의 제자들은 갑자기 적진의 한쪽이 뚫리자 숨통이 확 트였다.

"사도 소협!"

송영도장이 반색하며 외쳤다. 사도무영이 마주 소리쳤다.

"제가 도와줄 테니 전열을 정비해서 이곳을 벗어나십시오!"

무당의 제자들 중 사도무영을 알아보는 사람이 몇 있었지만, 그들은 송영도장이 왜 저리 반가워하는지 알지 못했다.

그러나 그도 잠시, 사도무영의 도가 어둠을 가를 때마다 구천신교 무사들이 낫에 베인 수숫대처럼 무너지자, 무당제자들은 경악한 표정으로 환호를 터트렸다.
"마도의 무리가 무너진다!"
"힘을 내라!"
사도무영은 무당제자들이 어느 정도 여유를 찾자 즉시 신형을 날려 제갈현종을 찾아보았다.
한쪽에서는 대정천의 고수들이 구천신교의 장로들과 각 종파의 종주들을 상대하고 있었다.
각 종파의 종주들은 강호 대문파의 주인들과 대등한 실력으로 평가되는 자들. 한데도 대정천의 일곱 고수는 그들에게 밀리지 않았다.
백리양문도 좌측에서 정천단을 지휘하며 동분서주했다.
북궁조에게 밀렸던 좌절감을 떨치려는 듯 그는 이를 악물고 전력을 쏟아냈다.
하지만 정천단이 정파의 중진고수들로 이루어졌다면, 구천신교 무사들은 호교무장전에 출전했던 자들이 주축이 된 호교단과 최고의 정예들이었다.
게다가 호교단의 수장은 다름 아닌 백사청이었는데, 그는 부상에서 완쾌된 듯 전과 다르지 않은 위력의 검을 펼쳤다.
반면 벽검산장은 중앙에서 구천신교의 주력을 막고 있었다. 그 중에서도 가장 큰 활약을 보이는 자는 동방경이었다.
동방경과 청무진인이 합공으로 북궁마야를 상대하며 팽팽

한 접전을 벌이고 있었는데, 시간이 갈수록 동방경의 검이 더욱 빛을 발하고 있었다.

북궁마야에게 정천맹의 장로 세 명이 삼 초를 견디지 못하고 무너진 걸 생각하면 가히 경이로운 광경이 아닐 수 없었다.

그러한 광경을 멀리서 바라보던 사도무영은 백사청을 보고 냉소를 지었다. 하지만 백리양문이 밀리지 않는 걸 보고 그냥 놔두었다.

그를 처리하는 건 나중에 해도 될 일. 당장은 전체적인 형세를 걱정해야했다.

그나마 동방경이 청무진인과 함께 북궁마야를 효과적으로 막고 있다는 게 다행이었다. 만약 그가 아니었다면, 아직 내상이 완전하게 치유되지 않은 청무진인은 북궁마야에게 쓰러졌을 것이었다.

'동방경, 죽을힘을 다해 싸워라. 그러면 머리털 몇 개 무게만큼 네 잘못을 덜어줄 테니까.'

그는 싸늘한 눈으로 북궁마야와 동방경을 바라보고는, 훌쩍 신형을 날려 후방으로 향했다.

후방에서는 오호단과 구룡단, 정천맹의 장로들이 안간힘을 다해 진세를 유지하면서 적과 치열한 격전을 벌이는 중이었다.

군사각의 호위무사들은 그 뒤에서 제갈현종은 보호하고 있었다.

사도무영이 다가가자 호위무사들은 그를 알아보고 제지하

지 않았다.

사도무영이 제갈현종을 향해 다그치듯 물었다.

"군사, 어떻게 된 일입니까?"

제갈현종이 씁쓸한 표정으로 말했다.

"할 말이 없네. 설마 놈들이 이렇게 강할 줄이야……. 이렇게 강한 줄 알았으면 장로들에게 욕을 먹어도 자네 말을 들었을 것을……. 면목이 없군."

누구의 잘잘못을 탓하기에는 이미 늦었다. 문제는 이제부터였다.

"시간이 갈수록 희생만 커질 뿐입니다. 이곳에 있는 사람들이 무너지면 저들은 당장 여주까지 달려갈 겁니다. 후퇴하십시오!"

제갈현종은 이를 악물었다.

"차라리 여기서 옥쇄를……."

"그렇게 모르시겠습니까! 벽검산장이 최후까지 싸워줄 거라 생각하는 건 아니겠지요? 이 상태에서 후퇴하지 않고 상황이 더 악화되면 저들도 생각을 바꿀 겁니다. 저들은 정의를 지키기 위해 전멸을 각오할 생각이 조금도 없으니까요. 저들이 빠져나가면 어떻게 될 거라 생각하십니까?"

사도무영의 목소리가 고막을 터트릴 듯이 울리자, 제갈현종의 눈빛이 파르르 떨렸다.

지금 상황에서 벽검산장이라는 기둥이 빠지면 사상누각처

럼 쓰러질 것이다.

그가 어찌 그 정도 계산도 못하겠는가. 그러함에도 그는 마지막 지푸라기를 잡는 심정으로 되물었다.

"정말 저들이 손을 뗄 거라 보는가?"

사도무영이 차가운 목소리로 말했다.

"제가 무슨 말을 해야 믿겠습니까? 믿기 힘드시면 시험해 보시지요."

지금까지 헛소리를 한 적이 없는 사도무영이다. 벽검산장에 대한 것 역시 사실일 것이다.

그들이 손을 떼고 빠져나가면 전멸은 시간문제일 뿐.

제갈현종은 그걸 알기에 한숨을 쉬며 고집을 꺾었다.

"후우, 알겠네. 자네 말대로 하지."

포기하니 차라리 마음이 편한 듯 제갈현종의 표정도 평상시대로 돌아왔다.

배에 힘을 준 그는 사자후를 터트려 명령을 내렸다.

"정천맹과 벽검산장의 무사들은 당황하지 말고 침착하게 선착장으로 후퇴하라!"

기다렸다는 듯 즉시 후퇴명령이 파문처럼 퍼져나갔다.

"군사의 명령이 떨어졌다! 당황하지 말고 후퇴하라!"

"후퇴!"

"옆을 신경 써라!"

"놈들을 철저히 막으면서 천천히 물러서!"

동방력도 뒤로 물러서며 벽검산장의 검사들에게 명을 내렸다.
"진형을 갖추며 물러서라! 놈들에게 빈틈을 주지 마!"
연이은 격전으로 이백삼십 명 중 육십여 명이 쓰러졌다.
더 이상 피해가 나면 죽도 밥도 안 되는 상황, 여차하면 자체적으로 후퇴할 생각이었다. 정천맹과 결별을 하는 한이 있어도.
한데 때마침 후퇴명령이 떨어졌다. 덕분에 실리와 명분을 잃지 않게 되었으니 그나마 다행이었다.
'이 정도면 충분히 우리를 알렸어. 더구나 경아가 정천맹의 맹주보다 훨씬 더 잘 싸우지 않았는가 말이다.'
동방력은 일단 그것으로 만족해하며 뒤로 빠졌다.

북궁마야는 뒤로 물러서는 동방경과 청무진인을 쫓지 않았다.
그는 구천신교의 무사들이 연합세력의 뒤를 쫓고 있는 와중에도 오직 동방경만 바라보았다.
정녕 놀라운 일이 아닐 수 없었다.
동방경의 실력이 북궁조보다 약간 모자랄 거라 생각했다. 그런데 뚜껑을 열어보니 그게 아니었다.
이제 이십 대 나이의 젊은 놈이 자신과 대등하게 싸우다니!
자신이 아는 한 천하에 그런 자질을 지닌 사람은 몇 되지 않았다. 그리고 그런 사람에게는 공통점이 하나 있었다.
'저놈도 하늘의 운명을 타고난 놈이었어! 그런 줄 알았으면

진즉 찾아서 죽여 버렸을 것을!'

 그렇다. 하늘에서 내려준 몸이 아니라면 저 나이에 저러한 실력을 지닐 수가 없다. 천고의 기연을 얻는다 해도, 범인의 몸은 기운을 받아들이는데 한계가 있는 것이다.

 하지만 그는 동방경을 처리하는 일을 급하게 생각하지 않았다.

 동방경은 결코 영웅이 될 수 없는 놈이었다. 효웅이라면 몰라도.

 그렇다면 얼마든지 이용할 여지가 있었다.

 '너 같은 놈들을 다루는 방법은 내가 잘 알지. 사영이 너보다 뛰어나다는 걸 너는 절대 견딜 수 없을 터……. 후후후후.'

4.

 대정천의 일곱 제자와 벽검산장과 정천단이 사슬처럼 연결된 방어막을 펼치며 구천신교의 무사들을 막았다. 그 사이 연합세력은 무사히 선착장에 도착했다.

 막대한 피해를 보긴 했지만, 그나마 그 정도에서 그친 것은 다행이 아닐 수 없었다.

 선착장에 도착한 사도무영은 한쪽으로 빠져나왔다. 그리고 어둠에 몸을 숨기고 연합세력이 도강하는 광경을 지켜보았다.

 연합세력의 무사들을 태운 이십여 척의 배가 활시위를 떠난 화살처럼 빠르게 한수를 가로지르고 있었다.

마지막으로 대정천과 벽검산장의 몇몇 고수들이 물위를 물새처럼 날아 배 위에 올라서는 게 보였다.

그렇게 배와의 거리가 이십 장 가까이 벌어지자, 구천신교 무사들도 더 이상 쫓지 않고 명령이 떨어지기를 기다렸다.

'당장 한수를 건너지는 않을 것 같군. 저들 역시 더 이상 피해가 커지는 걸 원치 않고 있어.'

사도무영의 눈이 깊어졌다.

구천신교가 강한 것은 분명했다. 하지만 연합세력을 월등히 압도할 정도는 아니라는 게 이번 싸움으로 증명되었다.

약간의 우세. 그렇다면 당분간 대규모 싸움이 일어날 가능성은 그리 많지 않았다.

대신 그 기간 동안 힘이 응집되고, 어느 순간 그 힘이 터져 나올 것이었다.

폭풍전야!

'어쩌면 이제부터가 진짜일지도……'

사도무영은 한수를 가로지르는 배들에게서 시선을 돌려 만상루로 향했다.

한상은 지하석실에서 나와 있었다. 그도 승경평의 격전에 대해서 들은 듯 잔뜩 긴장한 표정이었다.

"어떻게 되었는가?"

"연합세력이 많은 피해를 보긴 했습니다만, 그나마 일찍 물러나서 최악의 상황은 피했습니다. 그런데, 북궁조에게선 얻은 게 있습니까?"

"몸이 너무 엉망이어서 도저히 말을 할 수가 없는 상태네."

한상은 그게 다 너 때문이라는 눈빛으로 사도무영을 쳐다보았다.

반면 옆에 서 있던 장막심은 '그런 놈을 보며 즐거워하는 사람은 어떻고?' 그런 표정으로 한상을 째려보았다.

사도무영은 못 본 척하고 다시 물었다.

"얼마나 걸리겠습니까?"

"사흘만 시간을 주게. 그러면 놈의 삼대 조상이 누군지도 알아낼 수 있으니까."

그에 대해선 장막심도 인정했다. 한상의 고문을 받고도 입을 열지 않으면, 북궁조에게 술 한 잔 건넬 마음도 있었다.

"좋습니다. 단 시간을 줄일 수 있으면 최대한 당겨주십시오."

"좋아, 한 번 해보지."

"제갈 대협은 오지 않았습니까?"

"아직 안 왔네. 조금 늦나 보군."

1.

제갈신운은 다음 날 해가 뜰 때까지도 도착하지 않았다.

구천신교가 양번에 대한 감시를 강화할 것은 불을 보듯 뻔한 일. 사도무영은 북궁조에 대한 것을 한상에게 맡기고, 양번을 빠져나와 운양장으로 갔다.

운양장에는 무당파 제자와 정천맹 무사들이 모두 떠나고 가솔들만 남은 상태였다. 양번의 싸움에서 패하는 바람에 그들 역시 후퇴하고 만 것이다.

한데 그날 저녁, 절궁에 있던 수라곡 사람들이 운양장에 도착했다.

의외라면 그들 일행에 난요가 섞여 있다는 것이었다.

상황이 급변하고 있는데 왜 그녀를 데려왔을까?

"무슨 일이 있었소?"

사도무영이 묻자, 도담이 심각한 표정으로 말했다.

"령주께서 들어보시고 판단해야 할 것이 있을 듯해서 데려왔습니다."

사도무영은 난요를 향해 고개를 돌렸다.

난요가 입술을 질끈 깨물고 입을 열었다.

"령주님께서 토가족 마을을 떠나신 후 대교주님의 셋째 제자이신 현유 공자께서 찾아오셨습니다."

어느 정도 짐작하고 있던 일이었다. 그들이 절궁의 토가족 마을을 모르고 지나칠 가능성은 희박했으니까.

한데 난요가 왜 그들에 대한 이야기를 꺼내는 걸까? 그들이 절궁에서 무슨 짓이라도 저질렀나?

사도무영은 궁금했지만 난요가 입을 열 때까지 기다렸다.

난요는 그때를 떠올리는 듯 눈빛을 파르르 떨며 말을 이었다.

"한데 그분과 함께 온 사람들 중 두 사람이 묘하게 신경에 거슬렸습니다. 처음에는 왜 그런지 몰랐는데, 조금 지나면서 그 이유가 떠올랐습니다. 그들은……, 그들은 본 곡을 침입해 피를 뿌렸던 자들과 같은 기운을 지니고 있었습니다."

사도무영의 표정이 굳어졌다.

난요의 말이 의미하는 것은 결코 단순한 일이 아니었다.

"수라곡을 친 자들과 현유가 함께 있었다? 그게 사실이오?"

"그렇습니다, 령주님! 천녀가 결코 잘못 본 것이 아니라는 걸 목숨을 걸고 맹세할 수 있습니다."

사도무영의 눈이 도담을 향했다.

도담이 돌처럼 딱딱하게 굳은 표정으로 자신의 생각을 말했다.

"난요의 말이 사실이라면, 현천교가 그 일에 개입했다는 소립니다. 령주께선 어떻게 생각하십니까?"

"현천교가 벽검산장과 손을 잡고 수라곡을 쳤다?"

"솔직히 말해서, 이해가 안 됩니다. 난요를 못 믿는 게 아닙니다. 그들이 그런 짓을 할 이유가 없지 않습니까? 수라곡이 무너지면 신교의 힘도 그만큼 약화될 텐데 말입니다."

사도무영은 무심한 눈으로 허공을 바라보았다.

현천교가 수라곡의 멸망에 개입했다면 토막토막 끊어졌던 선이 하나로 연결된다.

곧 그의 입이 느릿하니 열렸다.

"이유가 없는 게 아니라, 너무 확실해서 탈이오. 세상으로 나올 구실이 필요한데, 수라곡은 정천맹에 이미 드러난 상태였소. 게다가 종주는 대교주에게 절대충성을 하는 사람도 아니었고. 제물로 받치기에는 수라곡이 적당했을 거요."

적도광이 눈을 부릅뜨고는 이를 갈듯이 말했다.

"그럼……, 그들이 계획적으로 수라곡을 멸했단 말씀입니까?"

"처음부터 끝까지 철저한 계획 하에 멸망시킨 거라 가정했을 경우, 어쩌면 수라곡을 정천맹에 드러낸 것 역시 그들 짓일지도 모르겠소."

"그 찢어 죽일 개자식들이!"

적도광의 입에서 욕이 쏟아졌다.

도담 역시 분노가 끓어올랐지만, 감정을 억누르고 일단 궁금한 것부터 물었다.

"령주님 말씀대로 그 일이 사실이라고 치지요. 하면 그놈들이 왜 단독으로 은밀하게 처리하지 않고 굳이 벽검산장과 손을 잡고서 그 일을 저질렀다고 보십니까?"

"적이 확실하고 강할수록 목소리를 크게 낼 수 있지 않겠소? 용검회 정도는 되어야 그들이 모두 강호로 나온다 해도 시빗거리가 되지 않을 것이고 말이오. 결국은 그렇게 되었소만."

더 들어볼 필요도 없었다.

도담은 광기가 일렁이는 눈으로 사도무영을 바라보았다.

"령주께선 이 일을 어떻게 처리하실 생각이십니까?"

사도무영은 싸늘한 한광을 번뜩이며 무심한 어조로 말했다.

"현천교와 벽검산장은 수라곡을 멸망시킨 것이 얼마나 어리석은 일이었는지 처절하게 깨닫게 될 거요. 저들은 수라곡 사람들의 죽음을 이용해서 강호로 나왔지만, 또한 그로 인해서 무너지게 될 거요."

2.

 북궁조가 깨어난 것은 지하석실에 처박힌 지 이틀째 되던 날이었다.

 그는 희미한 불빛에 드러난 지하석실의 광경을 천천히 둘러보며 자신이 꿈을 꾸고 있다고 생각했다.

 천장에는 사람 머리가 매달려 있고, 비릿한 피냄새가 코를 찌른다.

 결코 자신이 있을 곳이 아니었다.

 '꿈 한 번 더럽군.'

 그는 인상을 찡그리며 손을 잡아당겼다.

 순간 살을 찢어발기는 고통이 손목에서 밀려들었다.

 "크윽!"

 처절한 고통을 느낀 그는 그제야 자신이 꿈을 꾸고 있는 게 아니란 걸 알았다.

 동시에 머릿속이 혼란으로 뒤죽박죽되었다.

 '이게 어떻게 된 거지? 내가 왜 이런 곳에……?'

 문득 자신이 사영과의 싸움에서 패했다는 게 떠올랐다.

 '설마 그놈이……?'

 마침 안으로 들어서던 한상이 깨어난 그를 보고 환한 표정을 지었다.

 "호오, 이제 정신이 드나 보군."

"네놈은…… 누구냐?"

"흠, 이 정도면 일을 시작해도 되겠는 걸?"

"무, 무슨 일을……?"

"별거 아니네. 자네 입에서 몇 가지 이야기만 들으면 되니까."

한상은 한쪽에 놓여 있는 쇠막대 하나를 집어 들었다. 그러고는 벽에 매달린 북궁조의 앞으로 다가가서, 북궁조의 턱을 쇠막대로 치켜들고 담담히 웃었다.

"나도 이런 짓을 하기 싫다네. 하지만 어쩌겠나? 자네 입을 열지 못하면 내가 혼나는데."

"이 죽일…… 놈들이……."

"뭐든 좋아. 값어치 나가는 비밀일수록 자네가 그만큼 편해진다네. 물론 입을 닫고 있으면 그만큼 더 힘들 것이고 말이야. 나는 매사에 공평한 사람이거든."

"어림…… 없……, 컥!"

북궁조의 부어오른 눈이 한껏 커졌다.

한상은 북궁조의 낭심을 쇠막대로 쿡, 쑤시고 빙그레 웃었다.

"미리 알려줘야겠군. 나중에 나를 원망할지 모르니까 말이야. 이 막대 끝에 철침이 달려있지? 이걸로 몇 번 치면 남자구실을 못하게 된다네. 그리고 나중에는 살이 썩어 들어가지. 그럼 소변보기도 힘들어져. 소변 볼 때마다 피고름이 쏟아지고 살이 찢어지는 고통이 찾아올 거야. 후우, 내가 생각해도 끔찍하군."

한상은 어깨를 부르르 떨고는, 쇠막대로 북궁조의 낭심을 툭툭 쳤다.

"크으으으……."

북궁조는 두 눈을 부릅뜨고 파르르 떨었다.

그러나 한상은 자신과 무관한 일이라도 되는 것처럼 눈썹 한 올 까딱하지 않고 담담히 말을 이었다.

"그래도 너무 걱정 말게. 그때쯤이면 아마 미쳐 있을 거야. 죽어 있을지도 모르고. 자네 입장에서 보면 그게 차라리 나을 거네. 팔다리 힘줄이 모조리 뽑힌 병신이 되어서 바닥을 기며 사느니 그게 낫지 않겠나?"

북궁조의 눈빛이 푸들푸들 떨렸다.

도무지 믿을 수가 없었다. 이런 꼴을 당할 거라고는 단 한 번도 생각해 본 적이 없는 그였다.

고문은 자신이 하는 것이지, 남에게 자신이 당하는 게 절대 아닌 것이다.

'꿈일 거다! 이것은 꿈일 거야!'

그는 떨리는 눈을 좌우로 굴리며 지금 상황이 현실이 아니기만 바랐다.

그러나 온몸을 떨게 만드는 고통은 자신이 꿈을 꾸고 있는 게 아니란 걸 너무나 확실하게 말해주고 있었다.

'으으으, 말도 안 돼!'

지금까지 고문에 입을 여는 놈들은 모두 의지가 약해 빠진

못난 놈들이라 생각했다.

　남자가 되어서 고통스럽다고 입을 열다니!

　돼지밥이 되어도 싼 놈들!

　한데 막상 자신이 벽에 매달려 있다는 생각이 들자 온몸이 자신의 의지와 달리 사시나무처럼 떨렸다.

　'아니야! 이건 절대 현실이 아니야!'

　그래야 했다. 자신이 누군데 이런 꼴을 된단 말인가. 말도 안 되는 소리였다.

　그때 한상이 씩 웃으며 말했다.

　"자, 이제 시작해 볼까? 작년에는 닷새를 버틴 자가 있었는데, 자넨 얼마나 버틸지 모르겠군. 기왕지사 오래 버텨주면 좋겠는데 말이야."

　그러고는 한쪽에 있는 선반 위에서 집게와 가위를 들었다.

　"일단 힘줄부터 뽑아보자고. 혹시 도망가겠다고 할지 모르니까 말이야. 괜찮지?"

　괜찮냐고? 네놈 같으면 괜찮겠냐!

　"이, 이, 갈아서 죽일……."

　북궁조는 이를 뿌드득 갈며 한상을 노려보았다. 하지만 그의 눈빛은 한상에게 털끝만큼도 위협이 되지 않았다.

　"원한다면 눈알부터 뽑아주지."

　한상은 가위와 집게를 내려놓고 괴상하게 생긴 갈고리를 하나 들었다. 갈고리 끝이 숟가락처럼 생겼는데 아마도 눈알을 파내는 도구인 듯했다.

그는 그 갈고리를 들고 북궁조에게 다가오더니, 빙그레 웃으며 한 손으로 머리를 잡고 갈고리를 눈에 갖다 댔다.

"그렇게 아프지는 않을 거야. 일단 하나만 뽑아보자고."

차디찬 감촉이 눈 가장자리에서 느껴지자, 북궁조가 다급히 소리쳤다.

"자, 잠깐만……!"

"왜? 힘줄부터 뽑아?"

북궁조는 더 이상 미친놈과 말다툼하고 싶지 않았다.

"조, 좋다, 대체 뭘……, 알고 싶은 거냐?"

"가만 있어봐. 너무 일찍 입을 열면 싱겁잖아. 일단 눈알 하나 뽑고, 힘줄도 두어 개 잡아 뽑은 다음 이야기 하자고."

북궁조는 있는 힘을 다해 머리를 틀었다.

"이 미친놈이……. 마, 마, 말한다니까!"

"별로 아프지 않다니까! 조금만 참아!"

"으으으으……, 이 미친 놈……."

한상은 눈알을 파내지 못해 아쉽다는 눈으로 북궁조를 쳐다보았다.

"아, 그 자식. 눈알 하나도 안 주네."

그는 갈고리를 원래 있던 곳에 갖다 놓고 대신 붓과 종이를 가져왔다.

그리고 북궁조의 옆구리를 소도로 쿡 찌르고는, 줄줄 흐르는 피에 붓을 적셨다.

"자, 이제 말해 봐. 값나가는 비밀을 말할수록 대우가 달라진다는 점 명심하고."

한상이 이상한 느낌을 받은 것은 동이 틀 무렵이었다.

비명인지 바람소리인지 모를 날카로운 소리가 지상에서 들려왔다.

꼬박 밤을 샌 한상은 처음에 자신이 잘못 들은 줄 알았다.

하지만 곧 육중한 물체가 무너지면서 땅이 울리자, 머리를 번쩍 쳐든 한상의 표정이 회백색으로 굳어졌다.

그는 북궁조의 말을 받아 적은 일곱 장의 종이를 대충 접어서 품속에 넣고 자리에서 일어났다.

그때 지상에서 울린 충격으로 천장에 매달려 있던 머리 하나가 그의 옆에 떨어졌다.

그는 머리를 주워들고 이마를 찌푸렸다.

"이런, 턱이 찌그러졌군."

손으로 찌그러진 턱을 매만지자 모양이 원래와 비슷하게 고쳐졌다.

그 모습을 바라보던 북궁조의 눈이 커졌다.

"설마……, 밀납으로 만든……?"

"그럼 진짜 사람 머리인 줄 알았어? 내가 그렇게 악독한 사람인 줄 알아? 미친놈."

한상은 북궁조를 향해 한소리하고는 머리를 천장에서 뻗은 고리에 걸었다.

그랬다. 북궁조와 장막심 등이 본 머리는 진짜 사람 머리가 아니었다. 고문당하는 자에게 겁을 주기 위해서 밀납으로 만든 것에다가 돼지피를 칠한 것인데, 워낙 잘 만들어서 진짜처럼 보인 것일 뿐.

북궁조는 사기를 당한 기분이었다.

"이 사기꾼 놈이 감히 본 공자를 속이다니……."

"훗, 속은 놈이 잘못이지."

한상은 피식 웃고는, 벽에 난 구멍에 귀를 기울였다.

곧 그의 표정이 심각하게 굳어졌다.

"너를 구하러 온 모양이군. 제법인데? 이곳을 찾아내다니. 네가 말한 삼비조인가 하는 놈들이냐?"

북궁조의 얼굴이 벌게졌다. 이제 살았다는 안도감에 눈빛도 확연히 살아났다.

"크크크, 오냐, 이놈! 이제 네놈도 끝장이다!"

"글쎄, 그건 네 생각이고……."

"나를 풀어주고 순순히 무릎을 꿇는다면 네놈의 목숨을 살려줄 수도 있다. 어서 나를 풀어라! 내 말을 잘 들으면 내가 너를 중용할 테니까!"

"그 자식, 말 더럽게 많네."

힘이 없으면 천하의 주인도 망나니의 칼에 목이 잘리는 법이다 175

한상은 투덜거리며 오른쪽으로 몸을 돌렸다. 그가 몸을 돌린 곳의 벽에는 칼이 하나 걸려 있었다.

벽으로 다가간 그는 칼을 잡아 뽑았다. 반달처럼 휘어진 시퍼런 칼날이 등잔불에 번뜩이며 모습을 드러냈다.

"단귀도가 오랜만에 피맛을 보겠군."

한상은 씩 웃으며 북궁조를 쳐다보았다.

북궁조는 한상의 행동이 의미하는 바를 깨닫고 눈을 부릅떴다.

"무, 무슨 짓을 하려고 그러는 거냐!"

"혹시 무두사신(無頭死神)에 얽힌 이야기 들어봤어?"

"무두…… 사신?"

"십여 년 전에 말이야. 상대를 죽이면 꼭 머리를 떼어가는 사람이 하나 있었지. 그에게 죽은 사람들은 모두 강호에서 한가락하던 마도 고수들이었는데, 결국 그들은 머리가 없이 땅에 묻혀야만 했어."

"그 이야기를 왜……?"

한상이 씩 웃었다.

"저기 매달린 밀납 머리 중 반은 그때 죽은 사람들의 얼굴을 본 따서 만든 거야. 반은 그 후 여기서 죽은 놈들이고."

"그, 그럼 네놈이……?"

"너무 서운하게 생각하지는 마. 그래도 네 머리를 가져가지는 않을 테니까."

한상은 아무런 감정도 없는 눈으로 북궁조를 바라보며 칼을 휘둘렀다.

서걱!

북궁조의 목에 혈선이 그어지는가 싶더니, 가느다란 핏줄기가 뿜어졌다. 그리고 곧 머리는 옆으로 미끄러지고, 목에서 피분수가 뿜어졌다.

툭, 바닥에 떨어진 머리는 대여섯 바퀴 구른 다음 벽에 부딪치며 멈췄다.

어이없는 일이었다. 천하의 누구도 생각지 못할 일이 만상루의 지하실에서 벌어졌다.

북궁조가 누군가.

구천신교의 대교주 북궁마야의 아들이다. 하늘의 기운을 받고 태어난 절대고수!

한데 그런 북궁조가 한상의 칼에 죽은 것이다.

물론 사도무영으로 인해 힘을 잃긴 했지만, 어쨌든 천하가 알면 입을 떡 벌리며 말을 잊을 것이었다.

그런데도 한상은 산적을 하나 잡아 죽인 것마냥 무덤덤했다.

칼은 상대의 신분을 상관치 않는 법. 힘이 없으면 천하의 주인도 망나니의 칼에 목이 잘리는 법이었다.

한상은 조소를 지으며, 자신을 빤히 바라보는 북궁조의 머리를 향해 말했다.

"미처 말하지 못했는데 말이야. 나는 지금까지 죽을죄를 지은 놈만 죽였어. 세상에 있을 필요가 없는 놈들만. 그러니 나를 너무 원망하지 마. 다 네가 자초한 일이니까."

시간이 있으면 북궁조의 밀납 머리도 만드는 건데.

아쉬웠지만 당장 이곳을 빠져나가는 게 먼저다.

한상은 칼을 칼집에 집어넣고 자신의 얼굴을 주물럭거렸다.

순간, 둥글넓적하던 그의 얼굴이 조금 길어졌다.

몇 번 더 얼굴을 만져 인상을 완전히 다르게 바꾼 한상은, 바닥에서 뒹굴고 있는 북궁조의 머리를 향해 손을 흔들어주었다.

그리고 벽에 붙어 있는 선반을 옆으로 밀고, 그곳에 난 비밀통로를 통해 지하실을 빠져나갔다.

그가 지하실을 빠져나간 지 반각이 지났을 때였다. 쾅! 소리와 함께 입구의 철문이 뚫리고 흑의인 둘이 들어왔다.

그들은 벽에 걸린 머리 없는 시신을 보고 움직임을 멈췄다.

바로 그때였다.

콰과광!

사방에서 굉음이 울리는가 싶더니, 삼 장 두께의 지하실 천장이 통째로 내려앉았다.

삼십 장 길이의 비밀통로를 통과한 한상은 머리 위의 철판을 밀치고 위로 올라갔다. 그가 나온 곳은 지저분한 잡동사니들이 가득한 허름한 창고였다.

"크크크, 여우는 항상 아홉 개의 탈출구를 만들어 놓는 법이지."

옷에 묻은 먼지를 툭툭 턴 그는 창고를 나섰다.

순간 목청이 갈라진 목소리가 새벽공기를 찢으며 울렸다.

"당주! 도망……, 켁!"

한상의 표정이 급변했다.

그는 목소리의 주인을 잘 알고 있었다. 자신이 손발처럼 움직이는 만상당 열 명의 수하. 그 중 가장 나이가 어린 육초의 목소리였다.

한상은 이를 악물고 주먹을 움켜쥐었다. 그 목소리는 한 가지 사실을 말해주고 있었다.

자신의 수하들이 모두 당했다는 것.

'빌어먹을!'

그는 전력을 다해 허공으로 몸을 날렸다.

동시에 그가 있던 곳으로 네 명의 흑의인이 날아들었다.

"흥! 어딜 도망가려고!"

"멈추지 않으면 네놈의 수하들을 모조리 개밥으로 만들 것이다!"

하지만 한상은 멈추지 않았다. 자신이 잡힌다 해도 달라질 것은 없었다.

살아서 복수를 하는 것. 그것만이 수하들의 한을 풀어줄 것이었다.

'북궁조, 그 개자식의 목을 자른 것은 정말 잘한 일이었어!'

힘이 없으면 천하의 주인도 망나니의 칼에 목이 잘리는 법이다

3.

 갈대숲 사이에서 낚싯대를 동정호에 드리운 채 꾸벅꾸벅 졸던 망혼진인은 눈을 비비고 전면을 노려보았다.
 '저놈들은 또 뭐야?'
 옅은 안개를 헤치고 배 한 척이 은밀하게 접근하고 있었다.
 삼령도가 목적지인지 확실하지는 않았다. 그냥 지나가는 배일 수도 있었다. 그러나 분명한 것은, 수상한 놈들이 배에 타고 있다는 것이었다.
 그가 수상하게 생각한 이유는 단순했다. 암울한 살기를 흘리는 놈들이 동정호의 어부일 리는 없잖은가 말이다.
 '저런 놈들이 살기를 뿌리면서 오락가락하니 고기가 잡힐 리 없지.'
 종리곽이 낚싯대를 주며 기본으로 다섯 마리는 잡아야 한다고 했는데, 고기들이 단체로 이사를 갔는지 세 시진 동안 한 마리도 잡지 못했다.
 그는 고기를 잡지 못한 것이 전부 저 배 때문인 것처럼 느껴졌다.
 그래도 다행인 것은, 종리곽이 고기 한 마리 못 잡았냐며 핀잔을 줘도 변명할 말이 생겼다는 점이었다.
 망혼진인은 낚싯대를 거두었다.
 태양이 삼령도 서쪽 봉우리에 걸쳐져 있었다. 어차피 돌아가야 할 시간. 슬그머니 갈대숲을 빠져나온 망혼진인은 곧장 종리곽 등이 있는 곳으로 돌아갔다.

 어스름이 몰려올 무렵, 삼령도의 북쪽으로 바짝 다가온 배에서 흑의인 일곱이 내렸다.
 주위를 살펴본 그들은 자신들을 발견한 사람이 없다는 것을 확인하고는, 섬 중앙을 향해서 빠르게 달렸다.
 한데 그들이 섬 중앙에 있는 종리곽의 집에서 이십여 장 떨어진 곳에 도착했을 때였다.
 삼 장 앞에서 달리던 흑의인 하나가 걸음을 멈추고 바닥에 바짝 엎드렸다.
 진효와 나머지 흑의인 다섯은 그 즉시 걸음을 멈추었다.
 엎드린 수하가 고개를 두리번거리는 걸 보니 적에게 당한 것 같지는 않았다. 이상한 점이라면 자신들을 보지 못하는 것처럼 행동한다는 것이다.
 왜 난데없이 저런 이상한 행동을 보이는 걸까?
 경각심이 인 진효는, 고개를 두리번거리며 바닥을 기어가는 수하의 주위를 살펴보았다.
 작은 깃발이 듬성듬성 꽂혀 있는 게 보였다.
 그걸 본 순간, 뒷골이 섬뜩해지고 묘한 느낌이 들었다.
 대기의 뒤틀림, 비정상적으로 흐르는 바람.
 진효는 그 현상이 벌어지고 있는 이유를 깨닫고 표정이 굳어졌다.

'기문진이다!'

조화설이 있는 곳이니 만큼 그녀를 지키는 고수가 없지는 않을 거라 생각했다. 하지만 기문진이 펼쳐져 있는 것은 뜻밖이 아닐 수 없었다.

'조화설이 펼친 걸까?'

그럴 가능성도 충분했다. 그녀의 조부와 선친은 현천교 제일의 현자였고, 조화설은 대교주와 소교주가 잡으려 할 정도로 뛰어난 여인이 아닌가.

'골치 아프게 되었군.'

그는 주위를 천천히 둘러보았다.

어둠이 세상을 뒤덮기 전에 진을 뚫지 못하면, 날이 밝을 때까지 기다려야 한다. 실패할 가능성이 그만큼 커진다는 말이다.

그때 문득 그의 머릿속에서 한 가지 의문이 떠올랐다.

'설마 섬 전체에 진을 펼쳐놓지는 않았겠지?'

자기들도 들락거려야 할 테니까.

그는 즉시 수하들에게 전음을 보냈다.

『기문진이 펼쳐져 있으니 옆으로 돌면서 입구를 찾는다. 혹시라도 깃발이 보이거든 즉시 멈춰라.』

망혼진인은 시커먼 놈들이 하나만 남겨놓고 옆으로 돌아가자 눈살을 찌푸렸다.

"그 자식들, 눈치는 되게 빠르군."

눈치만 빠른 게 아니다. 어지간한 고수가 아니면 흉내도 못 낼 만큼 움직임이 표홀하다.

"보통 놈들이 아니군. 어떤 놈들인지 아나?"

풍허가 흑의인들의 강함을 느끼고 굳은 표정으로 물었다.

망혼진인이 무거운 목소리로 대답했다.

"구천신교 놈들이야. 그런데 종리 늙은이의 진으로 저놈들을 막을 수 있을지 모르겠군."

종리곽은 이맛살을 구기며 고개를 저었다.

"급하게 펼쳤더니 구멍이 너무 많아. 놈들이 구멍을 파고들면 자네들이 막아줘야겠어."

이각 안에 다섯 개의 진을 펼쳤다. 문제는 다섯 개의 간단한 진세로 감싸기에는 공간이 너무 넓다는 것이었다.

"빌어먹을 놈들, 뭐 주워 먹을 게 있다고 여기까지 온 거야?"

망혼진인이 침중한 표정으로 말했다.

"아무래도 화설이 때문에 온 거 같아."

그때 세 노인의 뒤에 조용히 서 있던 조화설이 입을 열었다.

"진인어른 말씀이 맞아요. 저들은 저를 잡으러 왔어요."

"누군지 알 수 있겠냐?"

"구천신교 교도라는 건 확실한데, 정확한 정체는 모르겠어요."

"알면 뭐해? 어떤 놈이든 때려눕혀야 할 것은 마찬가진데."

풍허도인은 툭 던지듯이 말하고 전면을 노려보았다.

그때 망혼진인이 욕설을 내뱉었다.

"빌어먹을 놈들, 용케 빈틈을 찾아냈군!"

남쪽에 펼쳐진 진세 사이를 비집고 흑의인들이 들어오고 있었다.

"어디 얼마나 강한 놈들인지 볼까?"

풍허도인이 먼저 남쪽으로 훌쩍 몸을 날렸다.

망혼진인은 굳은 표정으로 조화설과 적소연에게 말했다.

"너희는 집안에 펼쳐 놓은 진세 안에서 절대 나오지 마라. 소연이 너는 화설이 곁을 떠나지 말고."

"예, 진인어른."

"알았어요, 망혼 할아버지."

망혼진인은 조화설과 적소연에게 주의를 주고 종리곽과 함께 풍허도인의 뒤를 따라갔다.

진효는 바람의 흐름을 읽어내고 진세와 진세 사이에 나 있는 틈을 찾아냈다.

그는 먼저 수하 둘을 안으로 들여보냈다.

"절대 깃발을 건드리면 안 된다. 감각으로 바람의 흐름을 느끼면서 이동해라."

흑의인 둘이 조심스럽게 오 장을 전진했다. 진세의 중앙을 통과한 것 같은데 이상이 없는 것처럼 보였다.

그제야 확신을 가진 진효는 남은 수하 셋과 함께 안으로 들어갔다.

그때 저만치 어둠 속에서 날듯이 다가오는 자가 보였다.

진효의 눈빛이 싸늘하게 번뜩였다.

"제법 강한 늙은이들이군."

사영은 안전을 위해서 조화설을 삼령도에 데려다 놓았을 터, 호위가 있는 것은 당연한 일이었다. 예상보다 강하게 보여서 문제지.

진효는 상대의 강함을 알아보고 눈빛을 더욱 깊게 가라앉혔다.

물이 흐르듯 유연한 신법, 태연한 신색. 흔히 볼 수 있는 고수들이 아니다.

'이런 곳에 저런 고수들이 있었다니.'

그것도 셋이나.

하지만 진효는 그들을 두려워하기보다 오히려 투지를 불태웠다.

돌아서기에는 늦은 상황. 이제 죽이지 못하면 죽는다. 다른 길이 없다.

"둘이서 하나를 맡는다. 조화설은 저 늙은이들을 처리한 뒤 잡아간다. 쳐라!"

흑의인 다섯이 먼저 달려가며 무기를 뽑았다.

둘은 검을, 둘은 도를, 하나는 단창 끝에 신월처럼 생긴 칼날이 달린 기문병기를 들었다.

진효는 소리 없이 검을 뽑아들고 그들의 뒤를 따라 신형을 날렸다.

그의 명령 속에는 또 다른 뜻이 숨어 있었다.

―목숨을 걸고 상대를 죽여라!

흑의인들은 눈빛 한 점 흔들리지 않고 풍허도인과 망혼진인과 종리곽을 향해 쇄도했다.

진효도 수하 하나와 함께 풍허도인을 향해 달려들었다.

순식간에 세 노인과 호령비위들이 어둠 속에서 어우러지며 검기와 도기가 충천했다.

그렇게 십여 초식이 흐를 즈음, 용화신공이 실린 풍허도인의 검이 흑의인의 팔을 자르고, 가슴을 꿰뚫었다.

푹!

"크억!"

동시에 진효의 검이 풍허도인의 우측으로 날아들었다.

풍허도인은 가볍게 몸을 틀며, 흑의인의 가슴을 파고든 검을 빼서 진효의 공격을 막으려 했다.

진효가 강하긴 하지만 그가 염려할 정도는 아니었다. 그나마도 합공하던 흑의인이 그에게 당했으니 십 초 정도면 쓰러뜨릴 수 있을 듯했다.

한데 그때, 가슴을 뚫린 흑의인이 뒤로 빠지지 않고, 오히려 풍허도인의 검에 몸을 던지며 손목을 움켜쥐었다.

흠칫한 풍허도인은 진효의 검을 가까스로 피하고, 흑의인에게 잡힌 손을 가볍게 흔들었다.

용화신공의 기운이라면 거대한 독수리가 발톱으로 움켜쥐었다 해도 참새발톱에 잡힌 것만큼이나 가볍게 털어낼 수 있었다. 하물며 가슴이 뚫린 흑의인의 손을 털어내는 것쯤이야.

하지만 흑의인의 손은 거머리처럼 달라붙어서 쉽게 떨어지지 않았다.

"헛! 이, 이놈이!"

그때라도 그는 용화신공을 십성 끌어올려서 흑의인의 두 팔을 터트린 후 몸을 갈라버리고 검을 빼야 했다. 아니면 검을 놓고 다른 방법을 생각하든지.

그러나 그는 차마 참혹한 방법으로 흑의인을 처리하지 못하고 잠깐 미적거렸다.

바로 그 한순간의 가벼운 판단이 그의 인생 최악의 판단이 되어버렸다.

그가 멈칫한 순간, 옆으로 흐를 것 같던 진효의 검이 방향을 틀며 풍허도인의 허리로 날아들었다.

풍허도인이 겨우 흑의인의 손을 떨치고 막아봤지만, 섬전 같은 공세는 찰나간에 그의 옆구리를 훑고 지나갔다.

"크윽!"

풍허도인의 입에서 짤막한 신음이 흘러나왔다.

진효는 기회를 놓치지 않고 재차 검을 떨쳤다.

풍허도인은 안간힘을 다해 진효의 공격을 막으며 몸을 뒤로 날렸다.

그러나 옆구리가 깊게 베인 바람에 몸이 그의 의지대로 움직이지 않았다.

쩌정!

검으로 겨우 진효의 공격을 막아낸 그는 바닥을 뒹굴었다.

"풍허!"

망혼진인이 그 광경을 보고 소리쳤다.

그는 달려드는 흑의인의 공격을 선풍류로 피하며 구성의 공력으로 귀원장법을 펼쳤다.

흑의인들이 제법 강하긴 하지만, 자신을 곤란하게 만들 정도는 아니었다. 시간을 두고 상대하면 어려움 없이 물리칠 수 있을 터, 무리한 공격을 할 이유가 없었다. 무리한 공격을 하다 부상을 입어봐야 자신만 손해가 아니겠는가 말이다.

그러나 이제는 그럴 여유가 없었다.

쏴아아아!

광풍과 같은 장력이 두 흑의인을 덮쳤다.

느닷없이 강해진 망혼진인의 장력에 흑의인들은 이를 악물고 뒤로 물러났다.

망혼진인은 흑의인들이 뒤로 물러서는 사이, 풍허도인이 있는 곳으로 날아가며 손가락을 튕겼다.

쒜에엑!

회혼지가 벼락처럼 뻗어나갔다.

섬뜩해진 진효는 더 이상 풍허도인을 공격하지 못하고 몸을 틀며 검을 휘둘렀다.

쩌정!

회혼지는 공력의 소모가 심한만큼 위력이 강했다.

진효는 검으로 겨우 회혼지를 막아냈지만, 손목이 시큰거리자 대경해서 뒤로 물러났다.

그 사이 망혼진인은 풍허도인의 앞을 가로막았다.

순간, 망혼진인과 싸우던 두 흑의인이 달려들었다.

망혼진인은 굳은 표정으로 다시 한 번 회혼지를 펼쳤다.

그는 사도무영처럼 회혼지를 자유자재로 펼칠 수가 없었다. 그가 회혼지를 펼칠 수 있는 것은 사오 회 정도. 더 큰 문제는, 위력이 강한 대신 기를 모으는 시간이 필요하다는 것이었다.

하기에 망혼진인은 그동안 회혼지를 펼치는 걸 최대한 자제하고 선풍류와 귀원십삼장만으로 흑의인을 상대했다. 그러나 상황이 상황인 만큼 자제하고 있을 수만은 없었다.

쒜에에엑!

회혼지는 뇌전이 되어 흑의인들을 향해 뻗어갔다.

흑의인들은 본능적으로 위험을 느끼고는 몸을 틀었다.

쩡!

검에 부딪치며 옆으로 꺾어진 회혼지가 흑의인의 어깨를 꿰뚫었다.

그때 뒤로 물러섰던 진효가 망혼진인을 향해 날아들었다.

동시에 바닥을 구르던 풍허도 벌떡 일어나서 검을 뽑고, 흑의인들도 두 사람을 향해 달려들었다.
쩌저저정! 콰광!
굉음과 함께 다섯 사람이 일제히 뒤로 튕겨졌다.
흑의인 하나는 쓰러져서 일어나지 못했다. 풍허의 검에 목이 뚫린 것이다.
풍허는 하나를 죽인 대가로 또 다시 다리에 부상을 입고서 바닥을 몇 바퀴나 뒹굴었다.
그리고 또 하나의 흑의인은 망혼진인의 귀원장에 얻어맞고서 이 장을 날아갔고, 진효는 다섯 걸음을 물러선 뒤 이를 악물었다.
망혼진인은 주르륵 물러난 후 왼쪽 어깨를 움켜쥐었다.
시큰한 통증. 아마도 검기가 어깨를 가르며 지나간 듯했다.
하지만 그는 어깨를 돌볼 여유가 없었다.
뒤로 물러섰던 진효가 조화설과 적소연이 있는 집을 향해 신형을 날린 것이다.
"저놈이!"
대경한 망혼진인은 땅을 박차고 진효의 뒤를 따라갔다.
그 잠깐 사이, 진효는 망혼진인과의 거리를 십 장으로 벌렸다.
사실 진효로선 망혼진인 등과 승부를 끝까지 겨룰 이유가 조금도 없었다. 그들이 이곳에 온 목적은 조화설, 그녀를 잡거나 죽이는 것이었다.

조화설이 있을 만한 곳은 집안 뿐. 두 노인이 물러선 틈을 타서 신형을 날린 그는 집이 코앞에 닥치자 좌수를 흔들었다.

우직!

일장에 방문이 박살나며 안으로 쏟아져 들어갔다.

진효는 어두컴컴한 방 안으로 들어가며 검을 휘둘렀다. 어둠 속에서 검광이 번뜩이며 사위를 휩쓸었다.

문득 이상하다는 느낌이 든 것은 그 직후였다.

그가 펼친 검강의 위력이 내상으로 인해서 약화되었다지만, 그 정도만으로도 나무와 돌로 만들어진 벽을 부수는 것은 일도 아니었다. 한데 부서지는 소리가 나기는커녕 아무런 소리도 들리지 않는 것이다.

게다가 이상할 정도로 아무 것도 보이지 않았다.

막막한 어둠 속에 혼자 서 있는 느낌.

'설마 방 안에도 진이……?'

하지만 그는 의문을 풀 시간적 여유가 없었다.

쉬이익!

예리한 검기가 쏘아진 살처럼 날아들었다.

조화설과 함께 구석에 웅크리고 있던 적소연이, 진효가 멈칫한 사이 공격을 감행한 것이다.

전력을 다한 그녀의 검은 진효가 제아무리 고수라 해도 얕볼 수 있는 것이 아니었다.

'조화설을 지키는 놈이 또 있었구나!'

그렇게 생각한 진효는 검기가 쏘아져오는 곳을 향해서 전력을 다한 일검을 내질렀다.

쩌정!

순간, 상대의 검에 튕겨진 검이 옆으로 밀리자 진효는 흠칫하며 이를 악물었다.

순수한 검력에서 밀린 것이 아니었다. 부딪친 순간에 느낀 상대의 공력은 자신보다 아래였다. 그럼에도 검이 밀린 것은 기문진의 영향이 컸다.

자칫 기문진에 휘말릴 것을 우려한 진효는 일단 방을 빠져나갔다.

동시에 망혼진인이 득달같이 달려들며 손을 쳐들었다.

"네 이놈!"

진효는 빙글 몸을 돌리며 검을 뻗었다. 순간 그의 검첨에서 강기가 쭉 뻗어 나왔다.

그와 동시, 망혼진인이 진효를 향해서 회혼지를 튕겼다.

상대는 동귀어진도 마다하지 않는 놈들. 기회가 왔을 때 쓰러뜨려야 했다.

약간의 피해를 보는 한이 있어도!

쉬이익! 쒜에에엑!

두 줄기 지강과 번갯불 같은 검강이 서로를 향해 벼락처럼 뻗어갔다.

두 사람은 처음부터 피할 마음이 없었다는 듯 서로를 향해 달려들었다.

무모하게 보일 정도의 정면격돌!

쩌정! 퍽!

회혼지 한 줄기가 검강에 튕겨져 방향을 틀었다. 하지만 나머지 한 줄기가 진효의 가슴을 파고들었다.

그와 동시, 진효의 검이 망혼진인의 어깨에 꽂혔다.

푹!

"으음……."

황급히 뒷걸음질을 치는 망혼진인의 입에서 나직한 신음이 흘러나왔다.

반면 진효는 어이없는 표정으로 가슴을 바라보며 말을 더듬었다.

"저, 정말……, 무서운 지법이군."

그가 입을 열 때마다 가슴에서 쿨럭거리며 핏물이 뿜어져 나왔다.

그는 망혼진인의 지강이 화살처럼 쏘아져 오는 것을 보고도 너무 빨라서 피할 수가 없었다. 겨우 하나를 튕겨내긴 했으나 그것이 한계였다.

하지만 망혼진인은 그것조차 억울했다.

"회혼지를 몇 번이나 펼치고도 네깟 놈을 죽이지 못하다니. 무영이었으면 네깟 놈쯤은 한 방에 죽었을 게다, 이놈."

그는 씹어뱉듯이 말하고 어깨를 눌러 지혈했다.

숨이 턱턱 막히고 눈앞이 어질어질했다. 연속된 회혼지의 시전으로 공력이 썰물처럼 빠져나간 바람에 몸속이 텅 빈 듯했다.

그래도 상대의 가슴에 구멍을 뚫어놨으니 손해 본 것은 없었다.

바로 그때, 한쪽에서 억눌린 신음소리가 터져 나왔다.

"크으윽!"

망혼진인은 신음의 주인이 종리곽임을 알고 휙 고개를 돌렸다.

가슴에 검을 꽂고 비틀거리는 종리곽이 보였다.

검날을 움켜쥔 손가락 사이로 뿜어지는 피가 어스름 속에서 선명하다. 온통 붉게 물든 몸, 다리를 타고 흘러내린 피가 바닥에 흥건하다.

'제길!'

바라보는 사이, 흑의인이 검을 잡아 뽑았다. 시커멓게 보이는 피분수가 어스름을 뚫고 솟구쳤다.

겨우 몸을 일으킨 풍허도인이 그 모습을 보고 천둥처럼 소리쳤다.

"이놈들!"

그는 극심한 부상을 아랑곳 하지 않고, 종리곽을 공격한 두 흑의인을 향해 달려들었다.

짐승 같은 놈들에게 자비를 베푸는 바람에 종리곽이 죽음 직전에 이르렀다.

한순간의 방심이 이런 결과를 가져오다니!

냉정하게 살수를 펼쳤다면 친구가 당하지도 않았을 것을!

회한으로 인해 몇 배나 증폭된 분노는 그가 일 갑자 동안 닦아온 평정마저 무너뜨렸다.

풍허가 검과 하나가 되어 날아들자, 두 흑의인은 마주 검을 뻗었다.

쩌저정!

검명이 삼령도의 대기를 찢어발기며 퍼져나갔다.

한데 그 순간, 진효가 소리쳤다.

"사호! 그 늙은이는 놔두고 조화설을 죽여라!"

진효의 명령이 떨어지자, 두 흑의인 중 하나가 풍허도인의 공세에서 빠져나와 조화설이 있는 집을 향해 달려갔다.

망혼진인의 표정이 흙빛으로 변했다. 달려가야 하는데 호시탐탐 기회를 엿보는 진효 때문에 마음대로 움직일 수가 없었다.

"소연아! 조심해라!"

버럭 소리친 그는 진기를 휘돌리며 진효를 노려보았다.

방 안에 펼쳐진 진과 적소연이라면 잠깐 동안은 버텨줄 터, 그 안에 앞에 있는 놈을 쓰러뜨려야 했다.

"구천신교의 잡놈! 이번에는 심장에 구멍을 내주마!"

한편, 조화설과 적소연은 방 안으로 뛰어든 흑의인을 보며

힘이 없으면 천하의 주인도 망나니의 칼에 목이 잘리는 법이다 195

숨을 죽였다.

그녀들은 흑의인을 볼 수 있었지만, 흑의인은 그녀들을 볼 수 없었다. 진세로 인해서 그의 눈에는 완벽한 암흑만이 보이는 것이다.

두리번거리던 흑의인은 그녀들의 앞에서 무조건 칼을 휘둘렀다.

방 안에 있는 것을 모두 자르면 조화설도 죽을 것이라는 생각인 듯했다.

쉬쉬쉬쉭!

번개처럼 휘둘러지는 도세에 진세를 둘러싼 기운이 출렁였다.

흑의인은 전력을 다해서 칼을 휘두르며 걸음을 옮겼다.

잠깐 사이 그와 두 여인의 거리가 일 장으로 줄어들었다.

이제 서너 걸음만 더 다가오면 적소연이 그의 도세 안에 들어갈 판이었다.

적소연은 그 모습을 바라보며 슬며시 검을 뽑았다.

하지만 거리는 더 이상 줄어들지 않았다. 흑의인은 일 장 앞에 있는 그녀들에게 조금도 다가오지 못하고 아홉 자 반경 안에서만 계속 맴돌았다. 칼을 쉼 없이 휘두르면서.

적소연은 검을 들고 자리에서 일어났다.

그때 흑의인의 얼굴에 당황한 표정이 떠올랐다.

아무리 걸어도 끝이 없고, 죽어라 휘둘러도 칼끝에 걸리는 게 없다. 이 세상이 아닌 것처럼, 꿈속을 걷는 것처럼.

흑의인은 더 이상 전진하지 않고 뒤로 물러섰다.
여전히 칼은 휘두르고 있었지만, 힘이 많이 빠진 상태였다.
적소연은 흑의인이 물러서는 만큼 다가가며 검을 높이 들어 올렸다.

적소연이 흑의인을 따라 움직일 즈음, 망혼진인은 마지막이라는 심정으로 회혼지를 펼쳤다.
쒜에엑!
한 줄기 지강이 어둠을 뚫고 섬전처럼 쏘아졌다.
진효는 검을 들어 막아봤지만, 이미 한쪽 가슴이 뚫린 그의 검은 전처럼 빠른 반응을 보이지 못했다.
퍽!
회혼지는 망혼진인의 바람대로 진효의 심장에 구멍을 내지는 못했다. 대신 이마를 뚫어버렸다.
바로 그때였다. 방에서 흑의인이 걸어 나왔다.
망혼진인은 흑의인이 방에서 나오자, 조화설과 적소연이 흑의인에게 당한 줄 알고 가슴이 철렁했다.
"화설아! 소연아!"
놀란 그가 소리쳐 부르는데, 집 안에서 걸어 나온 흑의인이 옆으로 스르르 꼬꾸라졌다.
그리고 검을 든 적소연이 고개를 내밀고 손을 흔들었다.
"할아버지! 제가 이놈의 목을 잘라버렸어요! 언니가 조금 다치긴 했는데, 많이 다친 건 아니니 너무 걱정 마세요!"

그녀는 부엌칼로 호박을 자르기라도 한 것처럼 소리치고 씩 웃었다.

"후우……."

안도의 한숨을 내쉰 망혼진인은 종리곽 앞에 앉아 있는 풍허도인에게 달려갔다.

풍허도인은 마지막 남은 흑의인을 쓰러뜨리긴 했는데, 그 와중에 또 상처를 입고 주저앉아 있었다.

"괜찮아?"

"늙은이 눈에는 이게 괜찮게 보여?"

풍허도인은 망혼진인을 올려다보며 퉁명스럽게 면박을 주었다. 망혼진인은 못 들은 척, 고개를 돌려 풍허도인 앞에 누워있는 종리곽을 바라보았다.

"종리 늙은이는 어때?"

풍허도인은 아무런 말도 하지 않았다.

종리곽은 숨을 헐떡이고 있었다. 그가 숨을 헐떡일 때마다 핏덩이가 뭉클거리며 가슴에서 흘러나왔다.

의술에 일가견이 있는 망혼진인은 그것만 보고도 이미 손을 쓰기에는 늦었다는 걸 바로 깨달았다.

"종리 할아버지!"

그때 적소연이 달려오며 소리쳤다.

조금 전과 달리 금방이라도 울 것 같은 표정이었다.

망혼진인은 착잡한 표정으로 고개를 돌렸다.

적소연은 유난히 종리곽과 친하게 지냈다. 종리곽도 친손녀처럼 대해주었고. 아마 종리곽이 죽을 거라는 걸 알면 많이 슬퍼할 것이었다.

'후우, 이곳을 떠나야겠군.'

그때 방에서 나오는 조화설이 보였다. 그런데 조화설의 표정과 행동이 조금 이상했다.

'맞아, 화설이가 조금 다쳤다고 했지?'

망혼진인이 적소연의 말을 떠올릴 때였다. 조화설이 기둥을 붙잡고 스르르 주저앉았다.

"화설아!"

"저는……, 괜찮아요."

조화설은 겨우 입을 열고 희미한 미소를 지었다.

백지장처럼 창백한 그녀의 입술이 파르르 떨렸다.

'하필이면 전에 다친 곳을 맞았어. 무영이 알면 안 되는데…….'

제7장
일대 오백,
추하령(秋下嶺)의 전설(傳說)

1.

 사도무영은 돌아가는 상황에서 한시도 눈을 떼지 않았다.
 운양장은 구천신교의 상황을 살피기에 최적의 장소였다. 그만큼 위험한 곳이기도 하고.
 다행히 구천신교는 전처럼 북쪽으로 올라오지 않았다.
 무당파가 겁나서 그런 것은 아닐 터, 정천맹 본진을 집중적으로 공격하기 위함인 듯했다.
 그런데 만상루가 무너진 그날 저녁 무렵, 장한 하나가 운양장으로 찾아왔다. 그는 상처가 심해서 온몸이 피범벅인 상태였는데, 그의 입에서 한상의 이름이 나와 모두를 긴장시켰다.
 사도무영은 침상에 누워 있는 장한에게 심각한 표정으로 물었다.
"어떻게 된 일이오?"
"만상루가 습격을 받았습니다."
"뭐요? 한 대협은 어떻게 되셨소?"
장한이 비감 어린 표정으로 대답했다.
"저를 살리기 위해서, 추적자들을 유인하며 양번을 벗어나셨습니다."
"북궁조는? 그는 어떻게 되었소?"
장한이 입술을 비틀며 말했다.
"그놈은 천장이 무너지면서 죽었습죠."
북궁조가 죽었다고?
'그가 죽었단 말이지?'
뜻밖의 소식에 갑자기 말문이 닫혔다.
기분이 묘했다. 자신이 잡아서 한상에게 맡겼으면서도, 살아나지 못할 거라는 걸 알고 있었으면서도, 막상 그가 죽었다는 말을 들으니 실감나지 않았다.
그때 장한이 품에서 종이뭉치를 꺼내 내밀었다.
"당주께선 이걸 공자께 전하라고……."
종이뭉치를 받아든 사도무영의 표정이 싸늘하게 굳어졌다.
예닐곱 장의 종이뭉치. 그것이 무엇인지 짐작하는 것은 그리 어렵지 않았다. 한상이 자신에게 전할 것은 오직 하나뿐이었으니까.

그는 피 묻은 종이뭉치를 한 장 한 장 펴보았다.
모두 일곱 장. 역시 예상했던 대로 북궁조에게 들은 이야기를 받아 적은 것이었다.
종이 하나 당 서너 가지 이야기가 빼곡히 적혀 있었는데, 다섯 번째와 여섯 번째 종이에 적힌 내용이 그의 마음을 흔들었다.

　혈음사의 혈승들이 사천의 당가를 친 후 구천신교와 합류할 거라고 함.
　북궁조에게는 쌍둥이 동생인 북궁악이 있는데…….

뚫어지게 그 부분을 쳐다본 사도무영은 이를 지그시 악물었다.
'북궁마야가 기다린 것은 그놈들이었어! 혈음사의 혈승들! 제기랄, 그 악마들을 끌어들이다니.'
밀천십지 중 가장 악독하다는 혈음사의 혈승들이 중원으로 들어오기 직전이다. 그들이 오면 형세가 또 달라질 터.
'대정천과 정천맹만으로는 그들을 막을 수 없어.'
그에 비하면 북궁조의 쌍둥이 동생인 북궁악의 존재 여부는 큰 문제가 아니었다.
그는 생각도 못했다. 북궁악이 어떤 존재인지.
하긴 북궁조조차 북궁악의 진면목을 정확히 모르고 있었으니…….
한참 동안 생각에 잠겨 있던 그는 한 장 남은 마지막 종이의 글을 마저 읽어보았다.
 마지막 종이에 쓰인 글은 쓰다가 중단된 상태였다.

  조화설이라는 여자를 처리하기 위해 비밀호위무사인 호령비위들을 동정호로…….

사도무영의 몸이 벼락을 맞은 것처럼 후드득 떨렸다.
어떻게 조화설이 동정호에 있다는 걸 그놈이 알았을까?
그걸 아는 사람은 몇 사람에 불과하지 않던가.
일순간 한 사람이 떠올랐다.
 '제갈유……. 혹시 그가?'
그가 직접 북궁조에게 말하지는 않았을 것이다. 북궁조에게 그 말을 전할 수 있는 사람은 벽검산장의 사람들 뿐.
 만약 제갈유가 벽검산장의 사람에게 그 이야기를 했다면?
 가능성은 충분했다.
 그러나 중요한 것은 누가 그 말을 했냐 하는 것이 아니었다.
 조화설이 있는 곳에 북궁조의 심복들이 갔다는 것!
 중요한 것은 그것이었다.
 그는 장막심을 바라보았다.
 "동정호에 다녀와야겠습니다."
 "자네 혼자?"
 "형님은 사람들과 함께 일단 철마보로 가 계십시오."

"아우……."

"오래 걸리지는 않을 겁니다. 너무 걱정 마시고 일단은 제 말에 따라주십시오, 형님. 제갈 대협도 만상루가 놈들에게 당했다는 걸 알게 되면 철마보로 가실 겁니다."

"이곳에서 기다리면 안 되겠나?"

"북궁조의 말대로 혈음사의 혈승들이 오게 된다면 구천신교가 다시 공격을 시작하고 세력을 넓힐 겁니다. 그럼 이곳도 위험합니다."

그때 생각에 잠겨 있던 양류한이 입을 열었다.

"당가가 당했다면 낙산장도 무사하다는 보장이 없지 않겠소?"

당연한 우려였다.

"낙산으로 가실 생각이오?"

"비록 아버지와의 사이가 좋지는 않지만 그래도 어쩌겠소, 내 아버지인데."

"정확한 상황을 알고 움직여도 늦지 않을 거요. 어쩌면 지금쯤 사천에서 벌어진 일이 정천맹에 전해졌을지도 모르겠소. 일단 양양진으로 가서 제갈 군사를 만나 자세한 것을 알아본 다음 움직이시는 게 어떻겠소? 마침 제갈 군사에게 전할 말도 있는데."

양류한은 이마를 잔뜩 찌푸리고 생각하더니, 천천히 고개를 끄덕였다.

낙산장이 당하지 않았다면 갈 이유가 없고, 당했다면 가봐야 이미 늦은 상황이다. 차라리 이곳에서 놈들에게 복수하는 게 낫지.

"알겠소. 사도 형 말대로 하겠소."

2.

연합세력이 양양진에 머무르는 사이, 정천맹에 속한 각 문파에서 정천단 인원을 보내왔다.

거기다 벽검산장의 남은 무사들이 모두 합세하자 양양진의 연합세력은 사기가 충천했다.

하지만 그들은 한수를 건너지 않고 구천신교의 동태만 살폈다. 지원무사가 왔다곤 해도 아직 월등히 유리한 상황이라 할 정도는 아니었던 것이다.

사천에서 소식이 전해진 것은 그 무렵이었다.

"당가가 당했다니, 대체 그게 무슨 소리요?"

"그뿐이 아니외다. 낙산장에 집결했던 사천의 무인들이 당가를 친 놈들을 쫓다가 엄청난 피해를 봤다는구려."

"그놈들이 서장 혈음사의 혈승들이라는데, 그게 사실이오?"

"그자들과 삼절보가 피바람을 일으켜서 죽은 자만 일천이 넘는다 하오."

"허어, 이거야 원……."

사천에 본거지를 둔 문파의 사람들은 대경해서 자리를 박차고 일어났다.

특히 당가의 사람들은 사천으로 가기 위해서 즉시 당가의 형제들을 소집했다.

제갈현종과 청무진인이 나서서 말리지 않았다면, 그들뿐만이 아니라 청성과 아미파의 제자들도 양양진을 떠났을 것이었다.

양류한이 제갈현종을 찾아간 것은, 팽팽한 긴장감이 감돌던 그날 오후였다.

제갈현종은 양류한에게 사천에서 전해진 소식을 모두 말해주었다. 그리고 끝으로 양원정에 대한 소식을 전해주었다.

"낙산장의 무사들도 큰 피해를 입었는데, 다행히 양 대협은 무사하다고 하네."

양류한은 제갈현종에게 사천의 일을 듣고 표정이 돌처럼 굳어졌다.

하지만 그는 정천맹의 여타 제자들처럼 사천으로 달려가겠다고 설치지 않았다.

이제 와서 달려가 봐야 소용이 없음을 아는 것이다.

혈음사의 혈승들은 이미 사천을 떠났을 테니까.

대신 양류한은 한상이 알아낸 정보를 제갈현종에게 알려주었다.

"지금쯤 혈음사의 혈승들이 구천신교와 합류하기 위해 촉산을 넘었을 겁니다."

제갈현종의 안색이 급변했다.

그는 양류한이 가져온 정보를 의심하지 않았다. 오히려 그의 말을 듣고 나서야 사천에서 왜 그런 일이 벌어졌는지 내막을 꿰뚫어보았다.

"역시 그들과 구천신교가 한통속이었군. 어쩐지 서장의 혈음사가 갑자기 사천에 나타났다 했더니, 사천의 무인들로 하여금 본맹에 합류하지 못하게 하려는 수작이었어."

당가가 당하고, 청성파와 아미파가 발이 묶여 사람을 보내지 못한다면, 정천맹으로선 적지 않은 타격을 입을 것이었다.

더구나 정천맹에 있던 사람들마저 떠날지 모르는 터, 그 타격은 배가 될 가능성이 충분했다.

그런데 놈들이 바라던 대로 당가의 남은 무인들이 정천맹을 떠났다. 놈들의 계획이 이미 어느 정도는 성공했다는 말.

제갈현종은 이마를 짚었다. 머리가 지끈거렸다.

"으음, 일이 복잡하게 되었군."

"그들이 합류하면 구천신교가 움직일 겁니다. 정천맹에선 어떻게 하실 생각입니까?"

"그나마 다행히 정천단과 벽검산장의 무사들이 보충되어서 놈들에게 뒤지지 않는 전력이네. 여기서 더 물러날 수는 없지."

양류한은 제갈현종을 빤히 바라보았다.

한껏 고무된 제갈현종의 마음을 흔들어 봐야 좋을 게 없다는 걸 알지만 말하지 않을 수 없는 사실이 하나 있었다.

"군사께 벽검산장에 대해서 드릴 말씀이 있습니다."

제갈현종은 양류한이 하려는 말을 지레짐작하고 먼저 입을 열었다.

"음, 무슨 말을 하려는지 알겠네만, 지금으로선 그들의 힘이 절실히 필요한 상태네. 내 마음을 이해해 주었으면 좋겠군."

"모르는 바는 아닙니다만, 새로 밝혀진 사실이 하나 있습니다."

제갈현종이 의아한 표정으로 양류한을 바라보았다.

"새로 밝혀진 사실? 어디 말해보게."

"구천신교의 수라곡을 친 일에 벽검산장과 손을 잡은 곳이 어딘지 밝혀졌습니다."

"그래? 그곳이 어딘가?"

"다름 아닌……, 구천신교입니다."

"그게 무슨 말……?"

"정확하게 말하자면, 구천신교의 대교주가 속한 현천종파지요."

제갈현종의 표정이 급변했다.

양류한은 그에게 왜 그들이 수라곡을 쳤는지, 사도무영의 말을 빌려서 설명해 주었다.

"분명한 것은, 구천신교와 벽검산장이 수라곡을 치기 위해 손을 잡았다는 것입니다. 그리고 그 목적은, 강호에 혼란을 가져온 후 자신들이 나설 명분을 만들기 위한 것이었고요."

"으음……."

제갈현종이 침음을 흘려내며 이마를 찌푸렸다.

양류한이 마지막으로 한마디 덧붙였다.

"사도 형은, 당장 필요에 의해서 포용하는 것은 어쩔 수 없는 일이라 해도, 친구로 삼을 만한 자들은 아니라 하더군요."

제갈현종은 천천히 고개를 끄덕였다.

"그 말이 사실이라면, 나 역시 같은 생각이네."

그러나 자신의 생각만으로는 벽검산장을 어떻게 할 수 없었다.

누가 뭐래도 지금은 대정천과 함께 정천맹의 가장 큰 우군이 아닌가 말이다.

'맹의 원로들은 사도 공자보다 용검회를 더 원할 텐데……. 후우, 그분들을 설득시키는 게 일이겠군.'

3.

사도무영은 선풍류를 전력으로 펼치며 남쪽으로 달렸다.

다른 때와 달리 사람들의 눈을 의식하지 않았다. 그럴 여유가 없었다.

강을 건너고 산을 넘어 천리가 넘는 길을 이틀 만에 달린 사도무영은 주인의 허락도 받지 않고 배를 몰아 곧장 삼령도로 향했다.

쏜살같이 달려간 삼령도는 전과 달리 고요했다.

불청객이 왔다며 종리곽이 쫒아 나오지도 않았고, 풍허와 망혼진인의 모습도 보이지 않았고, 조화설과 적소연의 아름다운 목소리도 들리지 않았다.

사도무영은 종리곽의 거처로 달려갔다.

그를 반긴 것은 난장판으로 변한 집과 여기저기 널려있는 일곱 구의 시신이었다.

시신은 모두 흑의를 입은 중장년인들이었다. 상태로 봐서 삼사 일 정도 지난 것 같았다.

어떻게 된 일일까?

모두 어디로 간 걸까?

'다친 사람은 없는지 모르겠군.'

망혼진인과 풍허도장, 종리곽은 쉽게 당할 사람들이 아니었다. 적소연만 해도 그럭저럭 자신의 몸을 지킬 정도는 되었다.

문제는 조화설이었다.

답답한 표정으로 주위를 둘러보던 그는 어느 한 곳에서 시선을 멈췄다.

양지 바른 언덕 위에 무덤이 하나 만들어져 있었다. 그리고 무덤 앞에는 돌을 깎아 만든 작은 묘비가 하나 꽂혀 있었다.

그 무덤을 본 순간, 사도무영은 가슴이 철렁이고 숨이 멎었다.

전에 본 적이 없던 무덤이다. 그렇다면 이번 일로 인해서 생긴 무덤이라는 말. 다시 말해서, 삼령도의 다섯 사람 중 하나가 저기에 묻혀 있다는 소리였다.

사도무영은 신형을 날려 무덤이 있는 곳으로 갔다.

그는 무덤 앞에 도착하자마자 묘비를 바라보았다. 묘비에는 풍허도인의 마음이 그대로 녹아 있었는데, 그 글 안에 무덤의 주인이 누군지 적혀 있었다.

풍허의 오랜 벗 종리곽, 삼령도에 묻히다.

사도무영은 종리곽의 무덤 앞에 무릎을 꿇었다.
"죄송합니다, 어르신……. 저 때문에 결국……."
목이 메었다. 미안했다. 자신이 조화설을 데리고 오지 않았다면 죽지 않았을 것이 아닌가.

그는 한참 동안 종리곽의 죽음을 애도하며 자리에서 일어나지 못했다.

일각 후, 마음을 다스리고 무덤이 있는 곳에서 내려온 사도무영은 종리곽의 집을 살펴보았다.

종리곽이 죽긴 했지만 싸움에선 진 것은 아닌 듯했다. 그렇다면 도망치듯 급박하게 떠나지는 않았을 터. 자신에게 남기는 뭔가가 어딘가에 있을 것이었다.

물론 사부와 적소연이 뭘 남겼을 거라고는 기대하지도 않았다. 그가 찾고자 하는 것은 조화설이 남긴 것이었다.

아니나 다를까, 조화설의 방을 살펴본 지 일각도 되지 않아서 그의 입가에 희미한 미소가 떠올랐다.

조화설의 방 한쪽 벽에 부드러운 필체로 상황이 적혀 있었다.

종리 할아버지가 돌아가시고 풍허도인께서 많이 다쳤어. 무영이 사부님과 소연이와 나는 무사해. 여긴 위험할 것 같아서 처음에 데려다 주기로 했던 곳으로 어르신들과 함께 가. 우리 걱정 말고 하던 일을 마무리 지어.

조화설이 남긴 글이었다.

처음에 데려다 주기로 했던 곳. 그곳을 아는 사람은 천하에 오직 네 사람뿐이었다. 자신과 아버지, 조화설과 유모.

설령 누가 글을 본다 해도 그녀가 어디로 갔는지 알 수 없을 것이었다. 물론 자신 역시 자세한 위치까지 아는 것은 아니지만.

'화설 누이……'

사도무영은 글자를 쓰다듬었다.

어쩌면 그곳이 더 안전할지도 몰랐다. 혈음사가 구천신교와 합류하면 호남까지 전쟁에 휩쓸릴지 모르니까.

또 다시 쫓기는 상황이 되었으니 얼마나 힘들까.

마음 같아서는 쫓아가서 확인하고 싶었다. 하지만 그럴 수 없다는 걸 알기에 더 안쓰러웠다.

'힘들어도 조금만 기다려요. 내가 곧 찾아갈게요.'

그는 꿈에도 생각을 못했다.

조화설이 이 글을 쓰기 위해 망혼진인의 도움을 받아야만 했다는 걸. 글을 다 쓰고 난 후 희미한 미소를 지으며 정신을 잃었다는 걸.

4.

망혼진인은 심각한 내상을 입은 조화설을 위해서 돈을 아끼지 않았다.

악양으로 나간 그는 제법 큰 배를 아예 통째로 빌렸다.

돈 걱정은 하지 않았다. 자신이 챙긴 황금도 많이 남아 있고, 사도무영이 임시로 가져다 놓은 황금은 훨씬 더 많았다.

물론 배를 빌리면서 치른 돈은 사도무영의 황금에서 떼어냈다. 배 한 척 빌리는 돈 정도는 떼어내 봐야 표도 안 났다.

그렇게 배를 구한 망혼진인 일행은 장강을 따라 내려갔다. 그리고 사흘이 흘렀다.

선창에 앉아 장강의 물결을 바라보던 망혼진인은 저 앞쪽에 마을이 보이자 선실 안에 대고 말했다.

"구강이 보이는구나. 저곳에서 잠시 쉬었다 가자. 이제 황산까지 사나흘이면 갈 수 있을 게야."

"예, 할아버지."

적소연이 선실 안에서 고개를 내밀고 대답했다. 평소와 달리 어두운 표정이었다. 근심걱정이 가득한 표정.

조화설은 혈맥을 크게 다쳐서 상태가 아주 안 좋았다. 삼령도에서 정신을 잃은 후 하루에 한두 시진만 정신이 들 정도였다.

적소연은 자신이 잘못 지켜서 조화설이 다쳤다고 생각했다. 침입자를 죽이는 일에만 신경 쓰다가, 자신이 쳐낸 상대의 검이 조화설의 혈맥을 찌른 걸 보지 못한 것이다. 조금만 신경을 더 썼어도 조화설이 다치지 않았을 것을.

령주가 가만두지 않을 텐데. 버림받으면 어떡하지?

적소연은 하루하루가 고민이었다.

'버림 받으면 콱, 죽어버릴 거야.'

망혼진인이 적소연의 어두운 표정을 보고 담담한 목소리로 달랬다.

"너무 걱정 마라. 화설이는 단명할 상이 아니란다. 내가 손을 썼으니 황산에 갈 때까지는 별일 없을 게다."

"정말 그럴까요?"

"그러어엄! 그리고 황산에 가면 좋은 약초도 많고 의술이 뛰어난 기인들도 많으니 무슨 수가 날 거다. 그러니 너무 걱정 말고 마음을 편히 가져라."

그때 선실 안에서 나직한 목소리가 흘러나왔다. 풍허도인의 목소리였다.

"황산 옆의 삼경산에 무괴자라는 괴팍한 늙은이가 있지. 그 늙은이가 이 아이의 몸을 고칠 수 있을지도 모르겠군."

망혼진인이 고개를 갸웃거리며 물었다.

"무괴자? 의술이 뛰어난가?"

"그 일대의 약초꾼들이 알게 모르게 도움을 많이 받았는가 보더군. 그 늙은이를 아주 부처처럼 떠받들어."

"그 말을 왜 이제 해?"

"미리 말했으면? 그럼 하늘을 날아서 가려고 했어?"

망혼진인이 풍허도인을 다그쳤다.

"그래도 걱정은 덜 했을 거 아냐?"

풍허도인도 나름의 이유가 있었다.

"마지막으로 본 게 칠 년 전이야. 그 이후론 만나지 못했지. 지금쯤 죽었을지도 모르는데, 희망을 품고 갔다가 실망하면 누구 원망하라고? 그리고 그 늙은이는 행적이 신출귀몰해서 삼경산에 가도 찾기가 쉽지 않아."

"그래도 만날 방법이 있으니까 말한 거 아냐?"

"정 없는 건 아니고······. 좌우간 삼경산에 가 보면 알 수 있을 거야."

"정말이지?"

"정말이라니까."

"쿵, 엉큼한 말코 같으니, 어쩐지 그 몸으로 끝까지 고집을 피운다 했더니 꿍꿍이가 있었군."

 사실 풍허도인은 악양의 의방에서 치료한 후 청성으로 돌아가도 되었다.

 그런데 조화설이 황산으로 가겠다고 하자 따라나서겠다고 고집을 피웠다. 이틀 정도만 지나면 삼류무사 정도는 손가락 하나로 상대할 수 있다며. 사흘이 지나면 어지간한 절정고수도 설설 기게 만들 수 있다며.

 망혼진인은 보표 하나 거두는 셈치고 그의 동행을 허락했다. 조화설도 지켜야 하고, 금덩이도 지켜야 하니까.

 '어차피 배를 타고 며칠 계속 가야 하니까, 내릴 때쯤에는 그럭저럭 나아 있겠지.' 그렇게 생각하면서.

 하지만 사흘이 지난 지금 그의 상태는 겨우 일류고수 하나 상대할 수 있을 정도에 불과했다. 그마저도 망혼진인이 도와주어서 그리 된 거지만.

 어쨌든 다행이었다.

 무괴자가 살아있을지, 정말 조화설의 내상을 고칠 수 있을지 아직 모른다. 하지만 가능성 하나가 늘어났다는 것은 분명 고무적인 일이었다.

 '화설이에게 큰일이라도 생기면 무영이가 미쳐버릴 거야. 화설이를 구하겠다고 구천신교의 본진이 있는 신지까지 직접 들어간 아인데……'

 정말 미칠 것을 걱정하는 것이 아니었다.

사도무영이 미치면, 강호도 피의 수레바퀴를 따라서 미쳐 돌아갈 것이었다.

망혼진인은 그것이 걱정이었다.

5.

사도무영은 곧장 삼령도를 떠나 악양으로 나왔다.

황산으로 쫓아가볼 생각은 안 해본 것은 아니었다. 그러나 고민 끝에 가지 않기로 했다.

자신이 할 수 있는 최선의 선택은, 최대한 구천신교의 일을 빨리 마무리하는 것이었다.

악양으로 나온 그는 일단 선착장 근처의 객잔으로 들어갔다. 식사를 한 후 배를 타고 형주로 갈 생각이었다.

그런데 객잔에서 식사를 할 때였다. 옆자리에 상인으로 보이는 자들이 앉아 있었는데, 그들의 이야기에서 뜻밖의 내용이 들렸다.

"자네 들었나? 흑문이 전검방을 공격할지 모른다더군."

"쯔쯔쯔, 그렇게 귀가 어두워서야 원. 공격할지 모르는 게 아니고, 공격할 거라고 하네."

"제길, 그럼 이곳을 떠야겠군. 잘못하면 엄한 칼에 목이 달아날지 모르잖은가?"

"나는 떠나지 않을 거네. 멀리서 구경할 거야. 혹시 아나? 돈 벌 기회가 될지."

"이 사람이. 그러다 잘못하면 죽는다니까?"

"너무 걱정할 것 없네. 멀리 떨어져서 구경하면 그들도 함부로 양민을 해치지는 못하니까."

"정말 그럴까?"

"나만 믿으라니까? 그런데 지금쯤 어디 오고 있는지 모르겠군."

"아무래도 추하령 쪽으로 넘어오겠지?

"그럴 거네. 다른 곳으로 오려면 시간이 더 걸리니까."

사도무영은 이야기를 들으며 눈빛을 싸늘하게 가라앉혔다.

'놈들도 구천신교를 따르나?'

구천신교를 따르는 마도십삼파의 무리 중 흑문은 끼어있지 않았다. 하지만 세상일이란 것은 언제 어떻게 변할지 모르는 법. 그들이 구천신교를 따르지 말란 법도 없었다.

그도 아니면 구천신교로 인해 강북이 혼란에 빠진 지금이 전검방을 칠 기회라 생각했든지.

'섭 형이 없으니 위험할지 모르겠는데?'

섭장천은 자신의 부탁으로 용검회를 조사하는 중이었다. 만소개가 알아낸 바로는 청운표국의 사람들과 함께 장안으로 간 듯했다.

만약 그가 없음으로 해서 전검방이 흑문에게 당한다면, 섭장천에게 미안해서 얼굴을 들 수 없게 될 것이었다.

게다가 흑문이 만약 구천신교를 따른다면, 조화설과 사부의 황산 행에 방해가 될지도 모르는 일이었다.

'누이에게 해가 되는 놈들은 그게 누구든 용서치 않을 것이다.'

흑문을 자신의 적으로 규정하는 데는 그 두 가지 이유만으로도 충분했다. 그리고 적으로 규정 된 이상 그대로 놔두고 갈 수는 없었다.

빠르게 식사를 마친 사도무영은 자리에서 일어났다.

계산을 마친 그는 객잔을 나섰다.

'추하령이라고 했지?'

그런데 객잔 입구를 벗어나기도 전이었다. 갈의를 입은 무사 둘이 그를 향해 다가왔다. 전검방의 무사들이었다.

상인들이 아는 걸 전검방이 모를 리 없는 일. 비상이 걸려 검문을 하려는 듯했다.

"우리는 전검방의 순찰무사요. 어디 계시는 누구인지 알려 주실 수 있겠소?"

둘 중 서른쯤 될 것 같은 장한이 사도무영을 똑바로 쳐다보며 물었다.

"사도무영이라 하오."

사도무영은 순순히 이름을 알려주었다. 이러쿵저러쿵 쓸데

없는 신경전을 벌이며 시간을 보내고 싶지 않았다. 무작정 외면해서 일이 커지는 것도 원치 않고.

"사문은?"

"그에 대해선 말해줄 수 없는 사연이 있으니 이해해 주시오."

장한은 고개를 모로 꼬고 사도무영을 살펴보았다.

사도무영이 시간을 아끼기 위해 먼저 입을 열었다.

"전에 섭장천 형을 만나러 전검방에 간 적이 있소. 그곳에서 진연운 낭자도 만났지요. 진 낭자에게 내 이름을 말하면 의심을 풀 수 있을 거요."

장한의 눈이 커졌다.

"귀하가 소방주님과 아가씨를 안단 말이오?"

"그렇소."

담담히 대답하던 사도무영은 이 기회에 섭장천의 상황을 전검방에 알리는 것도 괜찮을 것 같다는 생각이 들었다. 아직 모르고 있다면 반가운 소식일 것이었다.

"아실지 모르겠소만, 섭 형님은 모종의 일을 해결하기 위해서 지금 장안에 계시오. 별일 없이 무사하시니, 부인과 진 낭자께 내 대신 그 말을 전해주시면 고맙겠소."

장한은 뜻밖의 말에 바로 대답을 못했다. 대신 옆에 있던 젊은 자가 사도무영을 노려보며 다그쳤다.

"당신의 말을 어떻게 믿을 수 있단 말이오?"

그의 목소리가 커지자 몇 명의 무사가 더 다가왔다.

"무슨 일인데 언성을 높이는 건가?"

그들 중 사십 대 중년인이 묵직한 목소리로 물었다. 덥수룩한 수염에 눈이 호안처럼 부리부리했는데, 어깨까지 떡 벌어져서 수적두목하면 적당할 인상이었다.

장한이 재빨리 대답했다.

"이 소협이 소방주님과 진 아가씨를 잘 안다고 합니다, 당주님. 그리고 소방주님의 현 상황에 대한 것을 부인과 아가씨께 전해 달라고……."

"그래?"

중년인은 사도무영을 쏘아보았다.

"그게 정말인가?"

"그렇습니다."

"소방주님과 어떤 사인가?"

"호형호제하는 사입니다. 혹시라도 이 칼이 누구 칼인지 아신다면 대충 짐작하실 수 있을 것 같습니다만."

중년인은 사도무영의 옆구리에 걸린 칼을 쳐다보더니 눈을 점점 크게 떴다. 그는 누구보다도 그 칼에 대해서 잘 알고 있었다.

"그건 안위의 칼……?"

문득 작년의 일이 떠올랐다. 안위가 구화산에서 정체를 알 수 없는 청년에게 죽었다는 소문이 떠돌았었다.

전검방의 당주급 이상 간부들은 안위가 구화산에서 죽은 게 소문이 아닌 사실이란 걸 알고 있었다. 그 이유 역시.

하기에 중년인은 칼이 안위의 것이라는 걸 알게 되자 사도무영이 섭장천을 잘 안다고 한 말을 믿을 수밖에 없었다.

"자네가 바로 소방주가 구화산에서 만났다는 그 청년인가?"

"그렇습니다."

"하하하, 이거 정말 반갑군. 나는 호검당(虎劍堂)을 맡고 있는 송번이네. 당시 그 이야기를 듣고 통쾌해서 꼭 한 번 보고 싶었지. 이 상처 보이나?"

송번이 반갑게 웃으며 자신의 한쪽 귀를 가리켰다. 귀 아래쪽이 반듯하게 잘린 상태였다.

"안위에게 잘린 거라네. 대신 그놈은 가슴에 기다란 상처가 났지. 조금만 더 깊숙이 찔렀으면 심장이 뚫렸을 거네. 대신 나도 목이 잘렸겠지만."

씩 웃은 그는 사도무영과 오래 사귄 사람이라도 되는 것처럼 정겹게 물었다.

"그래, 악양에는 어쩐 일인가?"

'괜찮은 사람이군. 전검방이 호남제일세가 된 것은 역시 우연이 아니었어.'

사도무영은 담담한 표정으로 대답했다.

"아는 분을 찾기 위해서 왔습니다."

그러고는 한 가지 궁금증에 대해서 넌지시 물었다.

"선착장의 순찰이 강화된 것처럼 보이는데, 흑문 때문입니까?"

송번은 감출 것도 없다는 듯 순순히 말해주었다.

"꼭 그 이유 때문만은 아니네. 며칠 전 수상한 자들이 나타났네. 상당한 고수들이었는데, 본 방의 무사 십여 명을 죽이고는 배를 탈취해서 동정호로 도주했지 뭔가. 그때부터 놈들을 잡기 위해서 장강을 틀어막고 일대를 샅샅이 뒤지고 있다네."

'삼령도를 친 놈들인 것 같군.'

사도무영은 그들에 대해서 입을 다물었다. 그 일에 대해 말하기 시작하면 이야기가 길어질 것이었다.

"혹시 지난 삼 일 사이, 동정호에서 배를 타고 나온 사람들 중 노인 둘과 젊은 여자 둘에 대해서 들은 것은 없습니까? 조금 특이한 일행이라 순찰검문을 지금처럼 강하게 했으면 소문이라도 들었을 것 같은데요."

바로 그때 장한이 탄성을 발하며 말했다.

"아! 그 일이라면 내가 알고 있소. 어두워질 무렵에 남쪽 선착장으로 작은 쪽배 한 척이 들어왔는데, 두 노인과 두 소녀가 타고 있었소. 그 중 노인 하나는 부상을 당한 듯 거동이 힘든 것 같았소이다."

사도무영이 닦달하듯이 물었다.

"그분들에 대해서 좀 더 자세한 이야기를 듣고 싶습니다만."

송번이 의아한 표정으로 사도무영을 바라보았다.

"아는 사람들인가?"

"제가 찾으려던 분들 같습니다."

"그래? 험, 설웅, 알고 있는 대로 말해주게."

장한은 자신이 알고 있는 것을 세세하게 설명했다.

"소협 말대로 특이한 일행이었소. 체구가 작은 노인이 여자를 하나 업고 부상을 당한 노인은 나이 어린 소녀가 부축하고 있었으니까. 그들은 도착하자마자 곧장 제법 큰 배를 한 척 빌리더니, 먹을 것을 구한 다음 바로 악양을 떠났소."

사도무영의 표정이 굳어졌다.

작은 체구의 노인이 여자를 업고 있었다고?

사부가 조화설을 업은 것 같다. 삼령도의 글에 부상을 입었다는 말은 없었는데…….

"업힌 여자가 부상을 당한 것처럼 보였습니까?"

장한이 고개를 갸웃거리며 기억을 떠올렸다.

"확실치는 않지만……, 특별히 부상을 입은 것 같지는 않았소. 내가 볼 때만 해도 노인과 등에 업힌 여인이 밝은 표정으로 웃으면서 이야기를 나누고 있었으니까 말이오."

조화설은 정신이 들 때마다 망혼진인 등을 안심시키기 위해서 최대한 밝은 표정을 지었다. 그가 봤을 때는 마침 조화설이 정신을 차렸을 때였다.

만약 그가 일각만 더 지켜봤어도, 조화설의 고개가 힘없이 한쪽으로 처지는 걸 볼 수 있었을 것이었다.

하지만 그걸 알지 못하는 사도무영은 안도의 한숨이 절로 나왔다.

'휴우……'

다행히 크게 다친 것은 아닌 것 같다.

'의술이 뛰어난 사부님이 옆에 계시니 괜찮겠지.'

그래도 걱정이 되는 것은 어쩔 수 없었다. 당장 쫓아가고 싶었다.

그러나 그들을 찾아내려면 며칠이 걸릴지 모르는 상황. 그러기에는 돌아가는 상황이 너무 좋지 않았다.

그는 답답하고 걱정스런 마음을 억지로 추슬렀다.

'배를 구해서 장강을 타고 내려갔다니, 며칠간 배에서 몸을 추슬렀으면 지금쯤 괜찮아졌을 거야.'

무사한 이상 오래지 않아 만날 수 있을 것이었다. 더구나 장강을 따라 내려간 이상 구천신교의 눈을 걱정하지 않아도 될 것이니 안심이었다.

더 자세한 것은 사람을 황산에 보내보면 알 수 있을 터.

사도무영은 마음을 가라앉히고 장한에게 고마움을 표했다.

"알려줘서 고맙소."

"도움이 되었다니 다행이오."

"송 당주님, 흑문이 전검방을 치기 위해 대대적으로 움직였다는 말을 들었습니다. 사실입니까?"

"그 일 때문에 비상이 걸렸네. 건방진 놈들! 소방주께서 안 계신다고 우리가 만만하게 보였나 본데, 어림없는 짓이지. 본방은 이미 방주님의 명으로 만반의 준비를 갖추고 있네. 놈들은 악양 땅을 밟아보지도 못할 게야."

송번은 눈을 부라리며 이를 빠드득 갈았다.

자신만만한 표정.

하지만 사도무영의 눈에는 송번의 마음 깊숙한 곳에 도사린 불안감이 그대로 느껴졌다.

"추하령을 가려면 어느 쪽으로 가야 합니까?"

송번이 손을 들어 동쪽을 가리켰다.

"저쪽으로 가면 동쪽으로 뻗은 관도가 있네. 그 길을 따라 칠십 리쯤 가면 추하령이 나오지. 만약 동쪽으로 갈 생각이면 그쪽 길은 피하도록 하게."

6.

추하령(秋下嶺)은 막부산에서 악양으로 넘어가는 요지로 고개의 높이가 이백 장도 더 되었다.

돌아가는 길이 없는 건 아니었다. 하지만 그러려면 한나절이 더 걸리는 만큼 흑문이 추하령을 넘을 거라는 건 기정사실이었다.

신시 초, 추하령에 도착한 사도무영은 곧장 정상까지 올라갔다.

정상에는 전검방의 순찰무사 십여 명이 긴장한 표정으로 동쪽을 주시하고 있었다. 그들은 사도무영이 뒤에서 갑자기 나타나자 흠칫하며 고개를 돌렸다.

하지만 추하령은 많은 사람이 넘나드는 곳이었다. 게다가 악양 쪽에서 올라왔고, 혼자가 아닌가.

그들은 별 의심 없이 사도무영을 향해 턱짓을 하며 건성으로 물어보았다.

"뭐야, 저 친구는?"

"이봐, 어디가려고……?"

사도무영은 걸음을 멈추지 않고 그들에게 다가갔다.

"여기가 추하령입니까?"

"그렇다네. 어디 가려고 올라왔는지 모르겠지만, 어지간하면 그냥 돌아가게. 자칫하면 내려가다 흑문 놈들을 만날지 모르니까."

"그건 제가 알아서 하죠. 수고하십시오."

"어? 이봐!"

순식간에 전검방의 무사들을 스쳐지나간 사도무영은 그들이 붙잡을 새도 없이 고갯길을 따라 내려갔다.

"저, 저……."

"하여간 요즘 젊은 것들 성질 급한 것은……. 놔두게. 흑문 놈은 아닌 것 같고, 발걸음 보니까 실력 좀 있나 본데, 죽으면 저만 손해지 뭐."

사도무영은 전검방 무사들이 있는 곳에서 한참을 내려갔다. 고개는 오르막과 내리막을 반복하며 조금씩 낮아졌다.

그렇게 십 리쯤 가자, 주먹을 거꾸로 꽂아놓은 것처럼 생긴 커다란 바위가 우뚝 솟아 있는 게 보였다.

사도무영은 주먹바위 위로 올라갔다. 위에서 보니 고갯길이 한눈에 들어왔다.

이십여 장 앞에 평평하고 넓은 길이 아래쪽으로 쭉 뻗어 있다. 한쪽은 깎아지른 절벽이고, 한쪽은 십여 장 깊이의 계곡이다. 많은 수의 적을 맞이하기에 적당한 장소.

그는 바위 위에 앉아서 흑문의 무사들이 오기를 기다렸다.

바람에 옷자락이 날리며 날개처럼 퍼덕거렸다. 바람에서 느껴지는 끈적끈적한 습기. 하늘을 올려다보았다. 짙은 회색구름이 동남풍을 타고 밀려오고 있었다.

'어디쯤 가고 있는지 모르겠군.'

조화설의 보조개 깊게 파인 담담한 웃음이 그리웠다. 쭈글쭈글한 사부의 얼굴도 보고 싶고, 엉뚱한 말로 자신을 곤란하게 하던 적소연도 보고 싶었다.

하루 차이만 나도 어떻게 쫓아가 봤을 텐데…….

처음부터 황산으로 데려다줄 걸 그랬나?

조금은 후회가 되었다.

그랬으면 종리곽이 죽지 않았을 것이다. 풍허도인도 다치지 않았을 것이고.

하지만 당시에는 그럴 수 없었다는 걸 누구보다 그가 잘 알았다. 강호의 상황이 하루하루 달라지던 때였으니까.

씁쓸한 표정으로 고개를 저은 사도무영은 그리운 사람들의 얼굴을 구름에 새겨보았다.

흐르는 구름을 따라서 시간도 흘렀다.

상념에 잠긴 지 한 시진이 지날 즈음. 고개를 올라오는 흑문의 무사들이 보였다.

사도무영은 앉아 있던 바위에서 내려와 평평한 고갯길의 중앙에 버텨 섰다.

"저 새끼는 뭐야?"

"새파란 애송인데?"

중얼거리며 사도무영의 앞에 도착한 흑문의 무사들은 사도무영이 비킬 생각을 안 하자 눈을 부라리며 윽박질렀다.

"건방지게 길을 막다니! 어서 비켜서지 못할까!"

"죽고 싶어 환장한 놈이군! 비켜서지 않으면 팔다리를 잘라서 늑대밥으로 만들어주마!"

개중에는 용기가 가상하다는 듯 킬킬거리는 자도 있었다.

"낄낄낄, 혼자서 길을 막다니! 새파란 애송이가 배짱 한 번 좋구나."

"크크크, 저 나이 때는 다 제 세상인 줄 아는 법이지. 용서해 줄 때 어서 비켜라, 이놈!"

하지만 사도무영은 길을 비키는 대신 칼을 빼들었다.

"그대들이 이곳을 넘으려 한다면, 오늘로써 흑문은 문을 닫아야 할 거야."

"뭐? 흑문이 문을 닫아? 뭐 이런 미친놈이 다 있어?"

"푸하하하! 진짜 웃기는 놈이군."

흑문의 무사들은 즐겁다는 듯 대소를 터트렸다.

하지만 모두가 즐거운 것은 아니었다.

"시간 없다! 놈을 치워라!"

간부로 보이는 자가 사도무영을 쓰레기 취급하며 소리쳤다.

서너 명이 사도무영을 치우기 위해 앞 다투어 달려들었다.

사도무영이 손목을 비틀자, 시퍼런 도광이 바람을 갈랐다.

스스스스…….

대잎 사이로 바람 스치는 소리가 나는가 싶은 순간, 흑문의 무사들이 달려든 순서대로 바닥에 널브러졌다.

"컥!"

"끄윽!"

털썩, 털썩…….

잠시 침묵이 이어졌다.

그러나 침묵은 길지 않았다. 이번에는 대여섯 명이 노성을 내지르며 그를 향해 쇄도했다.

"놈을 죽여라!"

"죽일 놈! 그놈의 사지를 잘라버려!"

사도무영은 무심한 눈으로 그들을 바라보며 수라도를 휘둘렀다.

허공이 빗살무늬처럼 쪼개지는가 싶더니, 완만한 호선을 그린 수라도가 달려드는 자의 몸을 종잇장처럼 갈라버렸다.

쉬이익! 서걱!

목이 베인 자, 심장이 터진 자, 머리가 갈라진 자…….

자신 외에는 모두가 적이다.

거치적거릴 것이 없는 싸움.

사도무영에게는 오히려 이 상황이 편했다. 보이는 대로, 걸리는 대로 모두 죽이면 되니까.

일반무사들이 바싹 마른 갈대처럼 우수수 잘라져 쓰러지자 간부급 고수들이 달려들었다.

하지만 그들도 예외가 아니었다. 차이라면 한두 번 더 사도무영의 칼을 막았다는 정도일 뿐, 죽음을 벗어나지는 못했다.

쩌정! 콰광!

무기로 막으면 무기가 부러지고, 뒤이어 살과 뼈와 갈라지며 피가 튀었다.

그나마 흑문의 장로급 고수들이 달려들어 희생을 줄이기 했지만, 대신 그들이 목숨을 내놓아야 했다.

가히 일당천의 기세!

작심하고 살심을 발동시킨 사도무영의 도는 일말의 사정도 없이 상대의 몸을 갈랐다.

그렇게 일각이 지나자, 바닥에 쓰러진 자가 구십 명을 헤아리고, 메마른 황토가 핏물로 붉게 물들었다.

바닥에 쓰러진 무사들이 움직임이 없는 눈으로 말했다.

—저자는 우리가 상대할 수 있는 자가 아니야!

—어서 도망가! 도망가지 않으면 모두 죽어!

죽은 자의 말은 모두를 공포로 몰아넣었다.

공포에 질린 흑문의 무사들은 더 이상 달려들지 못하고, 사도무영이 한 걸음 다가오면 두 걸음 물러났다.

이건 싸움이 아니었다. 상대의 옷자락 하나 건드려 보지 못하고 구십여 명이 죽어갔다. 이게 어찌 정상적인 싸움이란 말인가.

일반무사도, 간부도 낯빛이 하얗게 질렸다. 무공이 높은 자일수록 더욱 더 큰 두려움을 느꼈다.

그들은 아는 것이다. 사도무영의 강함이 어떤 종류인지!

한 번도 경험해 보지 못한 절대의 무위!

심장을 후벼 파는 공포가 그들의 뇌리를 지배했다.

"다, 당신은 누구요? 누군데 우리 앞을 막는 거요?"

흑문의 부문주이며, 선발대인 오백무사의 수장 호경민이 공포를 억누르고 물었다.

사도무영은 수라도를 사선으로 늘어뜨린 채 무심한 어조로 말했다.

"나는 전검방의 섭장천 형과 형제처럼 지내는 사이오. 당신들이 끝내 이곳을 넘으려 한다면, 혼만이 악양으로 갈 수 있을 것이오."

호경민의 눈빛이 파르르 떨렸다.

섭장천이 없는 사이 전검방을 치려했다. 그런데 섭장천보다 훨씬 더 무서운 자가 나타나 길을 막고 있다.

'저 칼은……, 설마 안위의 도?'

대체 저자가 누구기에 안위의 칼을 들고 있는 걸까? 누구이기에 저리도 강한 걸까?

그가 억지로 입을 열어 소리쳤다.

"혼자서 우리를 모두 상대할 수 있을 거라 보시오?"

"어려울 것도 없소. 시간이야 조금 걸리겠지만."

호경민은 입술을 잘근잘근 씹으며 사도무영을 노려보았. 눈이 마주칠 때마다 숨이 턱턱 막히고 손이 떨렸다.

'제길!'

오백 무사가 한 사람의 그림자에 짓눌리고 있다는 사실이 믿어지지 않았다. 하지만 눈앞에서 벌어지고 있는 현실이었다.

죽음을 각오하고 싸운다면 뚫을 수 있을까?

그럴 수도.

하지만 그리 된다 해도 전검방을 치기는커녕 흑문의 몰락을 앞당기기만 할 뿐이다.

"믿을 수가 없군. 천하에 그대와 같은 자가 있다니."

호경민이 허탈한 목소리로 말했다.

사도무영은 수라도를 들어 앞을 그었다.

촤아악!

삼 장 앞에 기다란 골이 파였다.

가공할 검기를 발출한 사도무영의 눈이, 띠처럼 둘러선 흑문의 무사들을 천천히 둘러보았다.

"돌아간다면 나도 돌아갈 것이오. 그러나 끝까지 지나가고자 한다면……, 내 피 묻은 발걸음이 흑문의 총단까지 이어질 거요."

호경민은 이를 악물고 몸을 잘게 떨었다.

상대는 혼자다. 불리하면 언제든 뒤로 물러날 수 있다. 그리고 몸을 추스른 후 또 흑문을 공격할 것이다. 흑문은 두어 번만 그렇게 공격을 받아도 멸문에 이를 것이 분명하다.

피를 두려워하지 않는 자. 마도인들에 뒤지지 않는 살심을 지닌 자. 거기다 절대의 무위를 지닌 자.

진정 두려운 자가 아닐 수 없다.

'저자는 결코 정파의 협사가 아니다. 나는 그래서 더 두렵다.'

호경민은 숨을 깊게 들이쉬고 뒤로 물러났.

문주가 삼백무사를 이끌고 오십 리의 거리를 둔 채 뒤따라오고 있었다. 문주가 오기 전에 결정을 내려야 했다. 문주는 자존심이 강한 사람. 물러서지 않으려 할 테니까.

'그럼 흑문은 끝장이다.'

천천히 일곱 걸음을 물러난 그는 뒤를 향해 소리쳤다.

"돌아간다!"

후퇴를 알리는 명령.

간부든 일반무사든, 그 누구도 반대하지 않고 뒷걸음질 쳤다. 오히려 어둡기만 하던 그들의 표정이 지옥 속에서 살아나온 사람들처럼 밝아졌다.

구름이 잔뜩 낀 그날, 호남을 경동시킨 추하령의 전설은 그렇게 만들어졌다.

사도무영이 추하령 정상에 다시 나타난 것은 그로부터 일각 후였다.

바짝 긴장하고 있던 전검방 무사들은 그가 나타나자 눈을 크게 떴다.

"어? 이봐? 흑문의 무사들을 만났나?"

"그렇소."

"그들은 어디쯤 오고 있나?"

"그들은 오지 않을 거요."

"뭐? 무슨 소리야?"

"돌아갔으니까."

"뭔 말이야? 놈들이 돌아가다니?"

하지만 사도무영은 처음 올라올 때처럼 그냥 그들을 스쳐지나갔다.

"이, 이봐!"

"그 자식, 겁쟁이라고 놀릴까봐 번개처럼 도망가는군."

한 시진 후.
흑문의 움직임으로 인해 길이 막혔던 동쪽에서 사람들이 넘어오기 시작했다. 대부분이 보부상들이었는데 얼굴이 새파랗게 질려 있었다.
전검방의 무사들은 고개를 갸웃거리며 그들에게 물었다.
"이보쇼, 혹시 흑문의 무사들 못 봤소?"
"사, 산 사람을 말하는 거요, 죽은 사람을 말하는 거요?"
"그게 무슨 말이오?"
"산 사람은 막부산으로 도망쳤고, 죽은 사람은 아직도 고개에 널려 있소."

1.

 혈음사의 일백혈승이 제갈세가에 도착한 것은 사도무영이 삼령도에서 나왔을 때였다.
 북궁마야는 하루 일찍 도착한 혈음사의 혈승들을 진심으로 반겼다.
 정천맹은 대정천과 나머지 정천단을 기다리고 있고, 자신은 혈음사의 혈승들을 기다리는 중이었다.
 먼저 지원무사들이 도착하는 쪽이 유리해질 것은 자명한 상황. 한데 정천맹의 지원무사보다 혈음사의 혈승들이 먼저 도착한 것이다.
 물론 정천맹 쪽도 지원무사들이 오긴 왔다. 숫자도 오백이

나 되었다.

 그러나 정천맹 쪽 지원무사는 가능 인원 중 일부에 불과했고, 혈음사의 혈승들은 일백이 전부였다.

 일부와 전부. 그 차이는 결코 작지 않았다.

 북궁마야는 누구보다도 그 차이가 말하는 바를 잘 알고 있었다.

 혈음사의 주지인 혈뢰마불은 팔십의 나이인데도 주름이 거의 없었다. 체구는 북궁마야의 목밖에 닿지 않을 정도로 작았는데, 붉은 얼굴빛과 핏빛 가사가 어울려 기괴한 느낌을 주었다.

 북궁마야는 거만한 표정을 짓고 있는 혈뢰마불이 마음에 들지 않았지만, 담담한 웃음을 지으며 반겼다.

 "오시느라 수고했소, 혈불."

 "클클클, 다행히 늦지는 않은 것 같구먼."

 "적당한 때에 오셨소이다. 그래, 오시는 길이 험하지는 않으셨소이까?"

 "사천에서 제법 심한 방해를 받긴 했네만, 별 피해 없이 왔네. 클클클, 대교주와의 약속만 없었다면 사천땅을 좀 더 피로 물들였을 텐데 말이야."

 "그 정도면 됐소이다. 피야 이곳에서 봐도 충분하지요."

 "언제 시작할 건가?"

 "괜찮으시다면 바로 시작하지요. 피곤하시면 내일로 미뤄도 상관없습니다만."

"옴 마니 반메 훔. 걱정 마시게. 우리 혈불의 제자들은 피를 볼수록 더 힘이 난다네."

"허허허, 그리 말씀하시니 더욱 힘이 나는구려."

북궁마야는 조용히 웃으며 고개를 돌려 신유조를 바라보았다. 그의 붉은 기 도는 눈에서 살광이 일렁였다.

"신유조, 정천맹을 쓸어버릴 것이다. 출동준비를 갖춰라."

"예, 대교주."

한편, 양양진에 있던 연합세력은 양류한에게 혈음사의 혈승들에 대한 이야기를 듣고 감시를 강화한 상태였다.

그 덕에 혈음사의 혈승들이 제갈세가에 도착한 것을 그 즉시 알아냈다.

제갈현종은 시시각각 들려오는 정보를 취합하고, 구천신교가 혈음사의 혈승들과 함께 한수를 건널 것이라는 걸 예상했다.

하지만 큰 걱정을 하지는 않았다.

자신들은 정천단과 벽검산장의 나머지 인원을 합해서 오백이 합류한 반면, 구천신교 쪽은 기껏해야 혈음사의 혈승 일백이 추가된 상황이었다.

그들이 당가를 무너뜨리고 낙산장의 무사들을 물리쳤다는 게 마음에 조금 걸리긴 하지만, 그로 인해 적지 않은 힘을 소모했을 것이었다.

더구나 정천맹은 당가나 낙산장과 달랐다. 그것도 아주 많이.
제갈현종은 자신이 있었다. 그 뿐이 아니라 연합세력의 수뇌부들 모두가 같은 마음이었다.
이번 싸움에서 구천신교를 멸하리라!
정의는 반드시 승리할 것이다!
그런데 제갈현종이 몇 가지 계책을 내놓자 장로들이 탐탁지 않은 표정을 지었다.
그 중에는 한수를 건너는 적을 향해서 화살로 선제공격을 하는 계획도 들어있었는데, 정천맹의 장로들은 그 의견에 대놓고 난색을 표했다.
"험, 마도의 무리도 화살을 쏘지 않는데 우리가 쏜다는 건 좀 그렇구려."
"우리는 정파외다. 정면대결을 하지 않고 급습을 한다면 강호의 친구들이 비웃을 거외다. 놈들이 뭐가 무서워서 사파 놈들이나 하는 짓을 한단 말이오?"
"우리가 군병이오? 유치하게 화살공격이 뭐요? 거 참……."
제갈현종은 자신이 세웠던 계획을 밀어붙이고 싶었다. 자신의 계책대로 한다면 조금이라도 피해를 줄일 수 있을 테니까.
그러나 제갈가의 본가를 빼앗긴 그의 위상은 예전과 많이 달랐다.
정천맹 장로들은 시시콜콜 그의 의견에 반론을 제기했고, 자신들의 주장을 굽히지 않았다.

계속된 접전으로 피를 많이 봐서 그런가? 정심이 무뎌지고 살심만 솟구친 모습들이었다.

게다가 청무진인조차 이전의 패배를 설욕하겠다는 듯 정면 대결하자는 주장에 손을 들어주었다. 벽검산장도 이 기회에 자신들의 자리를 굳히겠다는 듯 정면 대결을 원했고.

의견이 맞서봐야 좋을 게 없는 상황. 제갈현종은 자신이 세운 계책을 수정하기로 했다.

"그럼 구천신교가 한수를 건너온 다음 전면적인 공격을 하도록 하겠습니다. 일단 공격이 시작되면 절대 방어망이 뚫려선 안 된다는 점, 모두 명심해주시기 바라겠소이다."

장로들은 호기에 찬 일성을 내질렀다.

"걱정 마시오, 군사! 이 기회에 놈들을 무찌르고 제갈세가를 되찾읍시다."

"언제 정이 마에 굴복한 적이 있소이까? 이번에도 우리는 승리하게 될 것이외다!"

2.

다음 날 새벽.

마침내 구천신교와 혈음사의 혈승들이 새벽안개를 헤치며 한수를 건너기 시작했다.

연합세력은 선착장에 진세를 구축하고 적이 한수를 건너는 걸 바라보았다. 삼십여 척의 배에 탄 인원은 대충 봐도 일천이 훨씬 넘을 듯했다.

정천맹의 장로들은 청무진인과 함께 그 모습을 바라보며 냉소를 지었다.

"놈들이 죽을 자리로 찾아오는구려."

"후후후, 오늘로써 구천신교는 더 이상 정천맹을 위협할 수 없게 될 것입니다, 맹주."

"전 강호가 우리를 주시하고 있소. 놈들을 확실하게 물리쳐서 마도는 영원히 정도를 넘어설 수 없다는 것을 보여줘야 할 거요."

"훗날 강호역사는 오늘을 마도가 종말을 고한 날로 기록하게 될 것입니다."

모두가 그렇게 되기를 원했다. 그리고 그렇게 될 것 같았다. 하지만 제갈현종은 알 수 없는 답답함에 가슴이 무거웠다.

'우리가 공격진을 갖추고 있다는 알고 있을 텐데도 일절 머뭇거림이 없다. 그렇게 자신 있단 말인가? 혈음사의 혈승들이 진정 그리도 강하단 말인가?'

일백 명 정도라 했다. 많지 않은 숫자. 충분히 상대할 수 있을 거라 여겼다. 그런데 왜 이리 가슴이 답답한 걸까?

그러나 이제 와서 계획을 바꿀 수는 없는 일. 제갈현종은 이를 악물고 구천신교의 무리들이 다가오기를 기다렸다.

구천신교 교도들과 혈음사의 혈승들은 십여 장을 남겨두고 신형을 날려 선착장에 내려섰다.

그들이 반쯤 내려섰을 때였다. 연합세력의 뒤쪽에서 공격 명령이 떨어졌다.

"놈들을 쳐라!"

"구천신교 놈들을 모조리 죽여라!"

"정의의 힘으로 마를 물리치자!"

"와아아아!"

연합세력은 선착장을 벗어날 틈도 주지 않고 몰아붙여서 구천신교 무리들을 한수의 물고기밥으로 만들 작정이었다.

마음 같아서는 당장 그렇게 될 것 같았다.

그러나 혈음사의 일백 혈승은 그들이 예상했던 것보다 몇 배나 강했다.

개개인이 절정에 이른 혈승들. 특히나 그들이 무기로 쓰는 동발은 일반 도검으로는 막기조차 힘든 기병이었다.

창창!

쉬아아앙!

일백 개의 동발이 허공을 가를 때마다 수십 명의 무사들이 쓰러졌다.

십여 장의 거리를 두고 날아드는 동발에는 수백 근의 힘이 실려 있어서, 도검으로 막아도 거꾸로 도검이 튕겨졌다.

칼날처럼 날카로운 동발은 도검을 튕겨낸 후 연합세력 무사들의 몸을 푸줏간의 고기처럼 난자하며 지나갔다.
 연합세력 측에서 뒤늦게 급박한 상황을 인지했을 때는, 이미 일차공격진을 이룬 칠백 무인 중 삼백이 혈음사의 혈승들에 의해 쓰러진 뒤였다.
 한 번 기운 형세는 쉽게 만회되지 않았다.
 정천맹 수뇌부와 벽검산장의 검사들이 뒤늦게 달려들며 전력을 다 쏟아냈다.
 "혈음사의 혈승들을 막아라! 검에 전 공력을 주입해서 동발을 쳐내!"
 "놈들이 전진하지 못하게 해!"
 대정천의 고수들도 앞으로 튀어나가 밀려드는 구천신교의 수뇌부들을 막았다.
 그러나 구천신교의 교도들은 한순간도 멈추지 않고 해일처럼 쇄도했다.
 목숨을 돌보지 않고 달려드는 그 기세에 대정천의 고수들은 이를 악물고 주춤주춤 물러섰다.
 정천맹과 대정천과 벽검산장이 모두 올라탄 거대한 배는 이미 곳곳에 구멍이 뚫린 상태. 그들은 해일을 견디지 못하고 난파선처럼 흔들렸다.
 사기가 오른 구천신교의 교도와 혈음사의 혈승들은 흔들리는 그들을 더욱 거세게 몰아붙였다.
 선착장을 붉게 물들인 핏물이 골을 타고 흘러 한수로 쏟아졌다.

 질퍽한 핏물 위에 펼쳐진 아비규환의 참상.

 연합세력도, 구천신교의 교도도, 혈음사의 혈승도 반쯤 미친 상태에서 상대를 죽이기 위해 발악했다.

 격전이 벌어진 지 반 시진. 동쪽 산정으로 태양이 떠오를 즈음, 결국 청무진인은 참담한 표정으로 후퇴를 알렸다.

 한 번의 자만심이 가져온 결과는 너무나 참혹했다.

 구천신교는 연합세력이 남양까지 무사히 후퇴하도록 그냥 놔두지 않았다. 그들은 연합세력을 쉴 새 없이 몰아붙여서 결국 남양마저 빼앗고 말았다.

 남양을 떠난 연합세력은 여주까지 후퇴하고 나서야 겨우 숨을 돌렸다.

3.

 사도무영이 양양진에서 벌어진 싸움에 대한 소문을 들은 것은 형주에 도착했을 때였다.

 ―구천신교가 한수를 건너 양양진의 정천맹을 대패시켰다.
 ―사천을 피로 물들인 혈승들이 알고 보니 구천신교와 한통

속이었다.
―정천맹은 살아남은 맹도들을 데리고 결국 여주까지 후퇴했다.

사도무영은 자세한 사정을 알기 위해서 형주성으로 들어가 개방의 제자를 찾아보았다.
구천신교가 형주와 의창의 정천맹 지부를 무너뜨렸다 해도 개방의 연락망은 남아 있을 거라 생각한 것이다.
아니나 다를까, 형주를 뒤진 지 이각 만에 개방의 제자로 보이는 삼십 대 나이의 거지를 발견했다.
"나는 사도무영이라 하오. 물어볼 것이 있는데……."
의심하는 눈초리로 쳐다보던 거지는, 그가 이름을 밝히고 철표개와 만소개에 대한 말을 꺼내자 의심을 풀었다. 사실 그보다는 바가지에 던져 준 은자 두 냥이 더 결정적인 영향을 끼쳤지만.
구천신교 쪽 놈들은 동전 한 푼도 준 적이 없었으니, 최소한 그쪽 놈들은 아니라는 생각이 든 것이다.
삼십 대 거지는 자신이 아는 바를 모두 이야기해주었다.
수만 명이 죽고, 한수에 물고기보다 죽은 시신들이 더 많이 떠있다는 말만 빼고는 대부분 사실이었다.
그에게서 일말의 사정을 다 들은 사도무영은 한숨이 나오는 한편으로 화가 났다.

'제길, 대체 무슨 생각을 하고 있는 거야? 양번에서 그렇게 당하고도 또 정면대결을 하다니.'

정천맹이 구천신교를 상대하는 방법을 이해할 수 없었다.

지금은 무사 대 무사로서 명예를 걸고 비무를 하는 것이 아니다. 상대의 모든 것을 빼앗기 위한 전쟁이다.

죽이지 못하면 죽는 전쟁! 이기지 못하면 패망하는 전쟁!

전쟁을 하는데 왜 정면대결만 고집한단 말인가!

'상황이 어렵게 됐군. 차라리 조금 물러나서 방어만 제대로 했어도 그렇게까지 당하지는 않았을 텐데……'

어쨌든 연합세력이 여주의 총단까지 밀렸다면 큰일이 아닐 수 없었다.

여주마저 무너진다면, 낙양의 천보장도 위험해질 것이 분명한 것이다.

형주를 출발한 사도무영은 곧장 철마보로 향했다.

바람처럼 달리던 그의 걸음이 멈춘 것은 형문을 얼마 남겨 놓지 않았을 무렵이었다.

한 걸음에 칠팔 장씩 미끄러지며 관도를 달리는데, 저 앞쪽 송림 안에서 싸우는 소리가 들렸다.

갈 길이 급한 사도무영은 그냥 지나치려 했다. 싸우는 소리에 일일이 반응하고 참견할만한 마음의 여유가 없었다.

그런데 그가 잠시 멈칫한 사이 송림 안에서 사람이 튀어나오더니 관도를 막았다. 그리고 곧이어 수십 명이 쏟아져 나와 그들을 포위했다.

"흥! 어딜 도망가려고 하느냐!"

"어리석은 놈들! 감히 본교를 거부하다니. 스스로 죽음을 택했으니 후회하지 마라."

포위한 자들은 이십여 장 뒤쪽의 사도무영은 안중에 두지도 않았다.

혼자의 몸인데다가 나이도 젊었다. 옆구리에 칼이 매달려 있지만 자신들에게 위협이 될 정도는 아니라 생각한 듯했다.

오히려 사도무영이 그자들을 보고 냉랭한 표정을 지었다.

나중에 나온 자들, 그들은 신월종파와 금황종파의 교도들이었던 것이다.

사도무영은 그들이 왜 이곳에 나타났는지 알고 싶지도 않았다. 구천신교의 사람들이라는 것. 그것만으로도 충분했다.

저벅, 저벅……

그가 일정한 걸음걸이로 다가가자 그들 중 두엇이 고개를 돌렸다.

"이들과 한패가 아니면 살려줄 때 꺼져라!"

사도무영은 대답 대신 칼을 뽑았다. 칼을 뽑지 않아도 충분했지만, 자신의 뜻을 제대로 전달하려면 칼을 쓰는 게 더 나았다.

"죽고 싶어 환장한 놈이군! 오냐, 네 뜻대로 죽여주마!"

자신의 말이 무시당했다고 생각했는지, 말을 건 자가 신형을 날리더니 사도무영을 향해 검을 휘둘렀다.

사도무영은 슬쩍 옆으로 한 걸음 비켜서며 간단히 그의 검을 피했다. 그리고 수라도를 사선으로 올려치며 상대의 빈틈 사이로 밀어 넣었다.

서걱!

그의 단순한 일도에 상대의 목이 사선으로 잘렸다.

"컥!"

잘린 단면에서 피가 솟구치자 노성이 터져 나왔다.

"이제 보니 보통 놈이 아니로구나!"

이번에는 두 명이 달려들었다. 하지만 결과는 크게 다르지 않았다.

쉬이익!

수라도가 그어지는 동선에서 피가 튀었다.

사도무영의 도는 이미 형식에 얽매이지 않는 경지에 오른 상태였다.

그가 도를 들어 선을 그으면 그것이 곧 최선의 길이었고, 상대에게는 막을 수 없는 죽음의 길이 되었다.

눈 깜짝할 새에 세 사람이 쓰러지자, 구천신교 교도들의 눈빛이 흔들렸다.

그들은 이해할 수가 없었다. 굼벵이도 피할 수 있을 것처럼 보이는 단순한 도였다. 그런데 그 도에 동료들이 당했다. 그것도 세 사람이나.

분명한 것은, 상대의 실력이 어떻든 세 사람이 단숨에 죽었다는 것이다.

구천신교 교도들은 긴장한 눈으로 사도무영을 쳐다보았다.

"네놈은 누구냐?"

신월종파의 교도 중 하나가 물었다.

사도무영은 무심한 눈으로 그를 보며 도를 들어올렸다.

"속아서 나왔든 원해서 나왔든, 세상에 나온 이상 그대들에게 주어진 길은 둘 중 하나다. 어차피 그대들이 택한 길이니, 죽어도 나를 원망하지 말도록."

찰나였다. 그의 수라도에서 시퍼런 도광이 번뜩였다.

대경한 신월종파의 교도가 버럭 소리쳤다.

"놈을 막아라!"

신월종파와 금황종파 교도 네 명이 사도무영을 향해 달려들었다.

순간 사도무영의 신형이 좌우로 흔들리는가 싶더니, 수라도의 도영이 네 사람 사이를 누볐다.

달려들던 자들은 발끝이 돌에 걸린 사람처럼 픽픽 꼬꾸라지고, 그들 중 누구도 다시는 일어나지 못했다.

그 와중에 누군가가 사도무영의 도를 알아보고 떨리는 목소리로 소리쳤다.

"사, 사영이다! 호교무장전의 지옥수라도 사영이야!"

"뭐야!"

구천신교 교도들에게 사영은 사신이었다.

죽음을 인도하는 자!

십여 명으로 그를 상대한다는 것이 얼마나 어리석은 짓인지 그들은 누구보다도 잘 알고 있었다. 그들 중에 절정고수가 두어 명 섞여 있었지만 그렇다 해도 달라질 것은 없었다.

버티는 시간이 조금 길어질 뿐.

"물러서! 가까이 가지 마!"

"이곳을 벗어난다!"

남아 있던 열일곱 명은 발치에 벼락이라도 떨어진 것처럼 펄쩍 뛰어서 뒤로 물러났다.

싸울 의지가 사라진 그들은 서로 눈치를 보며 사도무영에게서 멀어졌다. 그리고 곧 숲속으로 뛰어들어 그림자마저 감추었다.

서로 등을 기댄 채 거친 숨을 몰아쉬던 네 사람은 그 광경을 멍하니 바라보았다.

물러서는 자들을 공격할 수도 있었지만, 코앞에서 벌어지는 상황이 이해되지 않아 그러지도 못했다.

저자가 누군데, 저 지독한 구천신교의 마인들이 독사를 만난 개구리마냥 필사적으로 도망친단 말인가.

그때 네 사람 중 하나가 달라붙은 입술을 떼어 물었다.

"호, 혹시, 청운표국의 그 사영?"

사영은 고개를 돌려 입을 연 자를 바라보았다.

머리가 풀어헤쳐지고 옷이 피로 범벅된 중년인, 가짜 옥룡주 사건 때 만난 수월산장의 동우기였다.

"오랜만입니다."

"정말 사 소협이었구려. 도와줘서 고맙소."

"어차피 저에게도 적인 자들이니 고마워할 것까진 없습니다. 그런데 왜 이곳에서 저들의 공격을 받은 겁니까?"

그 질문에 동우기의 고개가 뒤로 돌아갔다.

그의 뒤에는 오십 대 중반의 초로인이 있었는데, 묵묵히 사도무영을 바라보던 그는 동우기의 시선을 받고 입을 열었다.

"나는 수월산장의 구양명이라고 하네. 전에 이름을 들었지. 좀 더 좋은 자리에서 만났으면 더 좋았을 텐데, 아쉽군."

고월신검 구양명. 중원십검의 일인.

사도무영은 그가 이 자리에 있다는 걸 알고 의아한 표정을 지었다.

신월종파와 금황종파의 교도들 숫자가 월등히 많다 해도, 자신이 아는 구양명의 실력이라면 저들에게 쫓길 이유가 없었다. 그런데 왜 저리 쫓긴 것일까?

그때 문득 구양명의 진기가 불규칙하게 흐르는 게 느껴졌다.

파리한 입술. 수염에 묻은 핏물. 닦아내고 표내지 않으려 해도 이미 그의 몸은 많은 것을 말해주었다.

'심한 내상을 입었군.'

사도무영은 구양명의 자존심을 건들지 않고 모른 척 말했다.
"일단 이곳을 떠나는 게 어떻겠습니까? 나머지 이야기는 장소를 옮겨서 하지요."
"그러는 게 낫겠군."

사도무영과 구양명 일행은 이십여 리를 더 간 후 작은 마을이 나오자 그곳에서 잠시 쉬었다.
구양명은 시원한 물을 한 사발 들이켜고는 일행 중 나머지 두 사람을 소개시켜 주었다.
"여기 이 사람은 고윤이라는 사람이네. 강호의 친구들은 비영검(飛影劍)이라 부르지. 그리고 이 사람은 쌍류장(雙流掌) 지연학이라고 하네."
사십 대 중반으로 보이는 두 중년인이 포권을 취하며 인사를 했다.
"고윤이라 하오."
"지연학이오."
그들도 강호에서 상당한 명성을 얻은 자들이었다. 하지만 이름만으로 구천신교 무리를 도주하게 만든 사람 앞에서 이름 자랑할 정도로 어리석지는 않았다.
"많은 분들이 사영으로 알고 있습니다만, 본 이름은 사도무영이라 합니다."
본명을 밝히고 인사를 나눈 사도무영은 구양명을 바라보았다. 구양명이 착잡한 표정으로 이야기를 시작했다.

"구천신교에게 당한 후 어떻게든 복수할 기회를 찾기 위해서 동분서주하며 힘을 끌어 모았네. 그런데 놈들이 어떻게 알았는지 우리가 모여 있는 곳을 공격해왔지 뭔가. 우여곡절 끝에 겨우 의창을 빠져나온 우리는 결국 정천맹으로 가기로 했네."

의창을 겨우 빠져나오기는 했지만, 구양명도 심한 내상을 입고 말았다.

자신의 안전만 생각했다면 그렇게 심한 내상을 입지는 않았을 것이었다. 그러나 자신을 믿고 달려온 사람들을 나 몰라라 할 수는 없는 일이 아닌가.

부상을 입은 구양명은 일행과 함께 동쪽으로 향했다.

그렇게 하루를 동쪽으로 이동한 그들은 구천신교가 추적을 포기한 것으로 생각하고 부상을 다스리기 위해 걸음을 늦추었다. 하지만 구천신교는 추적을 포기하지 않고 그들의 뒤를 끈질기게 쫓아왔다.

"결국 두 시진 전에 놈들과 부딪쳤네. 그 바람에 동료 다섯을 잃고 이 꼴이 되고 말았지."

대충 사정을 알게 된 사도무영이 씁쓸한 표정으로 말했다.

"정천맹이 양양진에서 패하는 바람에 여주까지 밀렸다 들었습니다. 정천맹에 합류하시려면 아마 여주로 가셔야 할 겁니다."

구양명이 눈을 흡뜨고 되물었다.
"뭐라고? 그게 사실인가?"
"맙소사! 어떻게 그런 일이……!"
고윤과 지문학, 동우기도 경악한 표정으로 사도무영을 바라보았다. 그들은 인적이 드문 곳만 골라서 이동했기에 아무런 소문도 듣지 못했던 것이다.
사도무영은 자신이 들은 이야기를 해주었다.
시시각각 변하던 구양명의 얼굴에 허탈한 표정이 떠올랐다.
"허어, 정천맹마저 그들에게 밀리다니, 정녕 믿을 수가 없군. 만약 정천맹의 총단마저 무너지면……. 후우, 정말 암담한 일이 아닐 수 없구먼."
"어떻게 하시겠습니까? 그래도 여주로 가서 정천맹에 합류하시겠습니까, 아니면 다른 곳으로 가시겠습니까?"
"지금으로선 여주로 가는 수밖에 없지 않은가? 구천신교와 싸울만한 곳은 그곳밖에 없으니 말이야."
착잡한 목소리. 한순간에 몇 년은 늙은 듯 보인다.
무심한 눈으로 바라보던 사도무영이 그에게 한 가지 제안을 했다.
"천하에 구천신교와 대적할 세력이 정천맹만 있는 것은 아닙니다. 괜찮으시다면 저와 함께 가시지요."

4.

 구천신교가 연합세력을 여주까지 몰아붙였다는 소식에 천마궁도 바빠졌다.
 위지양은 모든 간부를 불러모았다.
 마침내 움직일 때가 되었다. 화산과 종남은 물론이고, 철마보 역시 천마궁보다 구천신교와 정천맹의 싸움에 신경을 곤두세우고 있을 터. 절호의 기회가 아닐 수 없었다.
 그들이 움직이지 못한다면 용검회는 천마궁의 적수가 되지 못했다. 장안표국에 있는 자들이 마음에 걸리지만, 그들에 대한 것은 적절히 처리하면 될 일이었다.
 오랜만에 모든 간부들이 모인 전각 안은 열기로 가득 찼다. 궁주가 왜 간부들을 모았는지 그 이유를 나름대로 짐작한 때문이었다.
 "총호법, 장안표국에 있는 자들에 대해서 마땅한 대책이 세워졌소?"
 위지양의 질문에 백궁명이 웃으며 답했다.
 "예, 궁주. 저희가 진령을 넘을 때쯤 그들은 장안을 떠나 종남으로 가고 있을 것입니다."
 종남에서 포검산장까지는 백수십 리. 그들이 알게 된다 해도, 그들은 자신들이 포검산장을 공격한 지 한 시진 이후에나 도착할 것이었다. 그것도 바로 연락을 받았을 때의 이야기였지만.

그 정도 시간이면 충분했다.

"좋소. 그럼 그 일은 총호법이 맡아서 진행시키도록 하시오."

위지양은 무거운 짐을 털어버린 표정으로 전각 안의 간부들을 둘러보았다.

"구천신교가 정천맹과 대치해 있는 동안 섬서를 본 천마궁의 천하로 만들 것이오! 모두 각오를 단단히 하고, 용검회를 공격하기 위한 만반의 준비를 갖추도록 하시오!"

"예, 궁주!"

5.

사도무영과 구양명 일행은 형문을 출발한 지 사흘 만에 무당산을 지나쳤다.

무당파는 봉문이라도 한 것처럼 모든 제자들의 하산을 막은 상태였고, 무당산 주위는 구천신교의 교도들이 장악하고 있었다.

하지만 구천신교는 무당파를 감시만 할뿐 직접적으로 공격하지 않았다. 정천맹을 무너뜨린 이후에 공격해도 충분하다는 생각인 듯했다.

사도무영은 아직 때가 아니라는 생각에 그들의 눈을 피해서 북상했다. 조무래기 몇 쳐봐야 어차피 전세에는 아무런 영향도 미치지 못할 것이었다.

다음 날 오후가 되자 가랑비가 내리기 시작했다.
이제 철마보까지 십여 리 정도.
구양명은 사도무영에게 미리 들었음에도 마도십삼파 중 하나인 철마보가 가까워오자 긴장된 표정을 감추지 못했다.
괜히 사도무영을 따라온 것이 아닐까? 그냥 여주로 가는 게 낫지 않았을까?
내상은 이미 반쯤 나은 상태였다. 갈 곳이 전혀 없는 것도 아니었다.
하지만 철마보를 코앞에 두고 되돌아간다는 것도 어정쩡했다. 더구나 사도무영은 그들의 목숨을 구해준 은인이나 다름없는 사람이 아닌가.
'별수 없지. 일단 사도 공자를 믿고 돌아가는 상황을 지켜보는 수밖에.'
천유검 제갈신운이 하늘을 향해 탄식하고 머리를 자른 일은 너무도 유명해서 구양명도 잘 알고 있었다.
당시 제갈신운을 구해준 사람이 누구던가. 바로 사영, 사도무영이 아니던가.
그는 제갈신운과 같은 마음이 되고자 했다.
설령 철마보에 가서 안 좋은 일이 생겨도 은혜에 대한 보답이라 생각하면 될 것이 아닌가 말이다.
'남자는 의(義)를 지켜야 한다. 의를 지키는 자만이 참된 용기를 지닌 자라 했다. 나 구양명은 오늘의 선택을 후회하지 않

을 것이다.'

 철마보의 정문위사는 다가오는 사도무영을 알아보고 대나무처럼 몸이 꼿꼿이 굳었다.
 그러다 사도무영이 코앞에 이르자, 툭 부러지듯이 허리를 꺾어 인사했다.
 "다녀오셨습니까, 공자!"
 "수고가 많습니다."
 사도무영은 손을 흔들고 안으로 들어갔다. 단순한 한마디였다. 하지만 정문위사는 감격한 표정으로 사도무영의 뒷모습을 바라보았다.

 사도무영은 구양명 일행을 일단 사공강에게 데려갔다.
 사공강은 사도무영과 함께 온 사람이 고월신검 구양명이란 걸 알고 눈을 휘둥그렇게 떴다.
 "사공강이 구양 대협을 뵙소이다."
 "구양명이오. 소문으로만 듣던 철마보주를 만나게 되어 반갑소이다."
 "하하하! 누추하지만 구양 대협의 집이라 생각하시고 편히 쉬십시오."
 구양명은 사공강의 말에서 가식이 느껴지지 않자 의외라는 생각이 들었다.

'악한 자는 아닌 것 같군.'

그나마 마음의 부담이 줄어든 그는 담담히 웃으며 말했다.

"반겨 주어서 고맙소이다."

"별말씀을. 오히려 제가 고맙지요. 마도 문파라 생각하시고 경원시할 수도 있는데 이렇게 찾아오셨지 않습니까?"

구양명은 사공강의 그 말에 부끄러운 마음이 들었다.

'선입견만으로 사람을 판단하다니, 참으로 어리석구나, 구양명.'

그는 솔직하게 자신의 마음을 털어놓았다.

"사공 형을 만나기 전까지만 해도 나는 철마보를 마도의 한 무리로 알고 있었소. 그런데 그게 얼마나 잘못된 생각이었는지 이제야 알게 되었소이다. 용서해 주시구려."

"용서라니요? 하하하, 마도십삼파의 하나로 불리고 있으니 그렇게 생각하는 것이 당연한 일 아닙니까? 오히려 성격이 못돼서 그리 불리게끔 만든 제 잘못이 더 크지요."

"허허허, 정말 낯 들기가 부끄럽소이다. 언제고 벌주 석 잔으로 제 마음을 대신하겠소이다."

사공강의 성격을 구양명도 그리 싫어하지 않을 거라 생각했다. 한데 생각했던 것보다 분위기가 훨씬 더 좋게 흐른다.

사도무영은 다행이라 생각하면서 담담히 말했다.

"술은 나중에 하시고, 먼 길을 오시느라 몸도 제대로 다스리지 못하셨는데, 가서 좀 쉬시지요."

오면서 시간 날 때마다 운기를 하며 내상을 가라앉혔지만 겨우 육성의 내력을 되찾았을 뿐이다.

구양명은 자신의 몸 상태를 부인하지 않았다.

"아무래도 그래야 할 것 같군."

사공강이 화들짝 놀란 표정으로 말했다.

"이런, 미처 몰랐습니다. 청아야, 속히 방을 내드리고 청심단을 갖다 드려라."

사공청은 청심단이라는 말에 움찔했지만, 별다른 표를 내지 않고 고개를 숙였다.

"예, 아버님."

"허어, 보주……."

구양명이 사양하기 위해 고개를 돌리자 사공강이 먼저 말했다.

"청심단이 비록 명문가의 영약만큼 대단한 것은 아니나, 내상을 다스리는데 탁월한 효과가 있습니다. 사양치 마시고 복용하십시오, 구양 대협. 그래야 구양 대협의 벌주 마시는 모습을 하루라도 먼저 볼 것이 아니겠습니까?"

가슴이 저릿하니 울렸다. 얼굴이 화끈하게 달아올랐다.

구양명은 더 이상 거절하지 못하고 고개를 숙여 고마움을 표했다.

"고맙소이다, 보주. 이거 석 잔이 아니라 삼십 잔은 마셔야 할 것 같소이다 그려."

"하하하, 저희 철마보의 술이 제법 독하다는 걸 미리 아시고 마셔야 할 겁니다."

"허허허, 이 구양 모도 술이라면 제법 하지요. 독한 술이라니 벌써 입맛이 당기는 것 같소이다."

"정말 오랜만에 제대로 된 적수를 만난 것 같군요. 부디 빨리 나으시길 바라겠습니다."

사공강의 방을 나온 사도무영은 구양명 일행과 함께 후원으로 갔다. 장막심과 양류한, 수라곡 사람들이 무거운 표정으로 그를 맞이했다.

정천맹이 구천신교에 밀려 여주까지 퇴각한 상황. 구천신교가 기세를 올리고 있는 것에 마음이 무거운 듯했다.

사도무영은 그들에게 구양명 일행을 소개시켰다.

장막심과 양류한은 경악한 표정으로 급급히 포권을 취했다.

"저는 장막심이라 합니다. 남들이 촉산의 호랑이라고 부르지요, 하하하하."

"낙산의 양류한입니다, 대협. 장 형님의 말은 농담이니 그냥 흘려들으십시오."

도담과 적도광은 구양명의 이름을 모르기에 적당히 포권을 취하며 예를 갖추었다.

그들은 놀란 한편으로 어이가 없었다.

삼령도 일로 급히 달려간 사람이 중원십검 중 한 사람인 고월신검을 달고 오다니.

그런데 놀란 것은 구양명 일행도 마찬가지였다. 장막심과 양류한, 도담, 적도광, 누구 하나 약한 사람이 없었다.

구양명이 그들보다 강하다 해도 그 차이가 크지 않았고, 고윤과 지연학은 그들보다 한 수 아래였다.

더 놀라운 것은 그들의 나이가 서른 전후라는 것이었다.

"이렇게 젊은 영웅들을 만나게 되어서 기분이 정말 좋소이다."

"지연학이오."

"고윤이라 하오. 사도 소협 덕분에 그동안 내가 얼마나 우물 안 개구리처럼 살아왔는지 확실하게 알게 되었소이다."

장막심 등과 구양명 일행이 대충 인사를 마치자, 사도무영은 구양명 일행을 사공청에게 딸려 보냈다.

"구양 대협과 여러분들은 사공 형을 따라가서 몸부터 다스리십시오."

"음, 알겠네."

구양명이 고개를 끄덕이자 사공청이 나섰다.

"저를 따라오시지요."

그들이 밖으로 나간 후에야 장막심이 사도무영에게 물었다.

"갔던 일은 잘 되었나?"

사도무영은 간략하게 사정을 이야기해주었다.

종리곽이 죽었다는 말에 장막심의 표정이 굳어졌다.

하지만 그는 종리곽의 죽음보다, 남은 사람이 살았다는 것에 초점을 맞추었다.

"그나마 다른 사람들이라도 놈들의 마수에서 비켜났으니 다행이 아닌가?"

착잡했지만 사실이 그랬다.

사도무영은 쓴웃음을 지으며 화제를 돌렸다.

"제갈 대협은 연락이 없었습니까?"

"아직 없네."

이상한 일이었다. 아무 연락도 없이 늦을 사람이 아니었다.

대체 어딜 갔기에 연락조차 못하는 것일까.

어쨌든 그의 연락이 없다고 해서 걱정만 하고 있을 수는 없는 일. 사도무영은 일단 계획한 일부터 처리하기로 했다.

"사공 보주를 만나고 오겠습니다. 잠시만 기다려 주십시오."

사공강은 방에서 기다리고 있었다. 다시 찾아올 거라는 걸 알고 있었다는 듯 그는 담담하게 사도무영을 맞이했다.

"보주님, 제가 전에 말한 것은 알아보셨습니까?"

"용검회 측에서는 호의적인 답변을 보내왔네. 그런데 그들은 이미 장안표국에 있는 정체불명의 고수들과 손을 잡고 있더군."

"천마궁은 어떻습니까?"

"그 일이 있은 후 움직임이 없는 상태네. 하긴 천마궁주도 양패구상 당하고 싶지는 않겠지. 한데 그들을 조사하던 중에 의외의 사실을 하나 알아냈네. 알고 보니, 천마궁의 전신이 백마동이지 뭔가."

순간, 사도무영의 표정이 굳어졌다.

백마동!

마침내 밀천십지 중 또 하나가 모습을 드러냈다.

천마궁이 정말 백마동의 후신이라면, 그들이 한중을 단숨에 차지한 것도 충분히 이해가 되었다.

"흐음, 놀라운 일이군요. 그들이 백마동 사람들이었다니……."

"아, 그리고 장안표국에 있는 정체불명의 고수들에 대한 것을 파악했네."

"그래요?"

"알고 보니, 정체불명의 고수 중 한 사람이 전검방의 섭장천이더군."

쿵!

한 대 얻어맞은 사람처럼, 사도무영은 멍한 표정으로 섭장천의 이름을 곱씹었다.

"섭, 장, 천?"

"그렇다네. 왜, 아는 사인가?"

"예, 조금……."

'섭 형은 용검회를 조사하기 위해서 장안에 갔는데, 그럼 그 동안 장안표국에 있었단 말……?'

그럼 장안표국에 있다는 사람들이 가짜 옥룡주사건을 조사하기 위해 장안으로 간 청운표국 사람들이란 말인가?

그런데 왜 그들이 용검회와 손을 잡았을까? 그럼 가짜 옥룡주사건이 벽검산장 단독으로 벌인 일이란 말인가?

그게 사실이라면 그들이 용검회와 가까이 지내는 것도 이해할 수 있었다.

다만 문제는, 섭장천이 아무리 강하다 해도 혼자서 천마궁을 막아낼 정도는 아니라는 것이었다.

"섭 형 외에 다른 사람은 누구누구 있습니까? 섭 형보다 더 강한 사람이 있을 것 같습니다만."

"자네도 아는군. 그렇다네. 정말 두려운 사람은 섭장천이 아니라네. 장안표국에는 그보다 강한 사람이 둘이나 더 있다네. 광효라는 이상한 중과 관도사라는 사람인데……."

사공강과 이야기를 나누고 돌아온 사도무영은 차를 한 잔 따라놓고 한참 동안 생각에 잠겼다.

방으로 들어온 장막심은 사도무영의 앞에 놓인 차가 싸늘히 식은 걸 보고 의아한 표정으로 물었다.

"무슨 생각을 그리 깊게 하는가?"

그제야 사도무영은 식은 차를 들어 단숨에 마시고는, 벌떡 일어나서 수라도를 옆구리에 찼다.

"장안에 다녀와야겠습니다."

"지금 바로?"

"아무래도 그래야 할 것 같습니다."

"설마 우리를 떼어놓고 가겠다는 건 아니겠지?"

혼자 가겠다고 하면 따로 움직여서라도 따라올 표정이다.

장안에 가면 무슨 일이 생길지 모르는 일. 그는 장막심과 양류한과 도담을 데려가기로 했다. 골칫거리 수라단은 적도광에게 맡기고.

"양 형과 도 형을 데려오십시오. 함께 가죠."

"그래? 알겠네!"

장막심은 환한 표정으로 방을 뛰어나갔다.

"어이, 양류한, 도담! 장안 구경 가자!"

제9장
혈운(血雲)은
포검산장의 하늘을 뒤덮고

1.

철마보를 떠난 사도무영은 곧장 장안으로 향했다.
'하아, 관도사?'
어이가 없었다. 한숨이 나왔다.
그가 사공강에게 그 이름을 듣고, 그 이름의 의미를 깨달은 것은 열을 셀 정도의 시간이 흐른 다음이었다.
'관도사'라는 이름을 입안에서 굴릴수록 이상한 느낌이 들었다.
아주 익숙한 느낌. 그는 그 이름을 한 자 한 자 되새기면서 그 의미를 깨달았다.
관, 도, 사. 사, 도, 관.

동명이인이 아니라면 분명 아버지의 이름이었다. 동명이인이 섭장천과 함께 있을 확률은 억분의 일도 안 되었다.

게다가 그들 일행 중 한 사람에 대한 설명은 자신의 짐작을 확신하게 해주었다.

실처럼 가는 눈에 통통한 입술. 보고 있으면 웃음이 절로 나온다는 그 얼굴의 주인은 단학이 분명했다.

환장할 일이었다.

대체 아버지가 왜 그곳에 있단 말인가!

언제부터 거기 있었던 걸까?

섭장천과 아버지와 단학. 그들이 어떻게 함께 있는 걸까?

'후우, 만나보면 알겠지!'

다음 날, 사도무영은 일행들과 함께 장안성문을 통과했다.

따뜻한 봄 날씨 때문인지 거리에 사람이 북적거렸다.

사도무영은 길가의 장사꾼에게 철전 몇 개를 던져주고 장안표국이 어디 있는지 물어보았다.

그때 사도무영의 뒤쪽을 걸어가던 노승이 힐끔 사도무영을 바라보았다.

장사꾼은 잽싸게 철전을 챙기고는 장안표국을 가르쳐 주었다.

"저리 쭉 가신 다음, 오른쪽으로 꺾어져서 백 보 정도 가시면 왼쪽으로 난 큰 길이 있습죠. 장안표국은 그 길 끝에 있습니다요."

 사도무영이 일행과 함께 장안표국으로 향하자, 노승이 그 뒤를 따라갔다.

 장사꾼의 말은 정확했다.

 사도무영은 장안표국의 현판을 올려다보며 다시 한숨을 내쉬었다.

 '후우, 혹시 집에 안 들어간 거 아냐?'

 만일 자신의 추측이 사실이라면, 어머니의 머리에 뿔이 열 개는 나 있을 것이 분명했다.

 '죽이려 할지도 몰라.'

 정말 죽이지는 않겠지만, 그래도 걱정이 태산이었다.

 대체 무슨 마음으로 그런 걸까?

 자신의 실력을 믿고?

 그럴지도 몰랐다. 천마궁주와 한판 벌이고도 무사할 정도면 천화문에서 오래 전에 잃어버린 대천화를 얻었다는 말이었다.

 '하지만 아버지가 아무리 강해도 어머니를 이길 수는 없어.'

 아버지는 모를지 몰라도 그는 안다. 설사 어머니보다 열 배 강하다 해도 아버지는 어머니에게 질 수밖에 없다는 걸.

 "무슨 일로 오셨습니까?"

 그가 아버지를 걱정하고 있는데 표국의 정문을 지키던 위사가 물었다.

"관도사라는 분을 찾아왔습니다. 여기 계시다는 말을 듣고 왔습니다만."

그때였다. 뒤에서 노승의 늙수그레한 목소리가 들렸다.

"광효라는 미치광이 땡초도 여기에 있다고 들었네만."

사도무영은 키 작은 노승이 뒤를 따라오고 있다는 걸 진즉부터 알고 있었다. 예사 승려가 아니라는 것 역시.

하지만 위협이 될 사람이 아니라 생각했기에 따라와도 그냥 놔두었다. 수많은 사람이 다니는 길. 가다 보면 언젠가는 길이 엇갈리겠지 하는 마음으로.

그런데 노승의 입에서 '광효'라는 이름이 나오자 쳐다보지 않을 수 없었다.

노승은 키가 작고, 하얀 눈썹이 무척 길었다. 장난기 가득한 아이처럼 맑은 눈과 입가에 그려진 가벼운 웃음은 친근한 옆집 할아버지를 보는 느낌을 들게 했다.

"뭘 그리 보는가?"

노승이 고개를 쳐들고 물었다.

"광효라는 스님과는 어떤 관계신지요?"

"나? 그 미친 땡초 사문의 할아비 되는 공이(空理)라네."

광효. 천마궁주와 일전을 겨루어 단번에 유명해진 승려.

노승이 일명 광승이라 불리는 그의 사조라는 말은 사도무영을 경악시키기에 충분했다.

"미처 몰라 뵈었습니다. 저는 사도무영이라 합니다."

사도무영이 공손하게 인사하자 노승, 장미신승 공이는 사도무영의 아래 위를 훑어보며 빙그레 웃었다.

"흐음, 뼈다귀가 튼실하군."

괴상한 칭찬에 사도무영은 어색한 웃음을 지었다.

그때였다. 대답할 기회를 놓치고 꿔다놓은 보릿자루처럼 어정쩡하니 서 있던 위사가 사도무영 일행과 공이를 번갈아 보며 한마디 툭 쏘았다.

"잠시만 기다리슈."

영호성은 사도관과 광효를 찾는 사람이 동시에 찾아왔다는 말을 듣고 직접 그들을 맞이했다.

그는 사도무영 일행을 보고 절로 긴장되었다.

사도관 일행을 상대하면서 사람 보는 눈이 제법 생긴 터였다. 그 덕에 사도무영 일행이 함부로 상대해선 안 될 사람들이란 걸 대번에 느낀 것이다.

"관 대협과 광효대사님을 찾아오셨다고 들었습니다만, 뉘신지요?"

공이가 피식 웃었다.

"광효대사? 흘흘, 그 미친 땡초가 무슨 대사야?"

사도무영도 웃음을 지으며 대답했다.

"저는 사도무영이라 합니다. 그렇게 말씀드리면 알 겁니다."

영호성의 얼굴에 난감한 표정이 떠올랐다.

"죄송하게 되었습니다만, 그분들은 지금 여기에 계시지 않습니다."

"지금 안 계시다고요?"

"예, 출타하셨습니다."

"함께 계시던 분들은?"

"그분들도 함께 가셨습니다."

"어디 가신지 아십니까?"

"예, 그분들은 모두 종남산에 가셨습니다."

"종남산에요? 종남산에는 무슨 일로 가신 겁니까?"

"종남파의 장문인께서 춘명대전에 정중히 초청하셨습니다. 구천신교에게 당한 원혼들을 위로하고, 섬서의 힘을 결집하려고 한다는군요."

춘명대전은 종남파에서 봄마다 삼 일에 걸쳐서 하는 커다란 행사였다.

각계의 유명 인사들을 초청하고, 특히 강호의 명숙들을 많이 초청하는데, 최근 장안표국에 있는 사도관 등이 유명해지자 초청장을 보낸 것이었다.

사실 영호성도 따라가고 싶었다. 하지만 모친의 제사가 하루 남은 상태여서 아쉬워도 포기하는 수밖에 없었다.

사도무영은 눈살을 찌푸렸다.

그도 춘명대전이 열린다는 것 이미 알고 있었다. 종남에 갔을 때 한창 준비 중이었으니까.

섬서의 힘을 결집하려고 한다고 했던가?

그들의 뜻은 이해할 수 있었다. 원혼을 위로하는 것 역시.

하지만 당금 강호는 발등에 불이 떨어진 상황. 삼 일은 결코 짧은 시간이 아니었다.

'종남까지 찾아가야 하나?'

그는 일단 영호성에게 물어보았다.

"언제쯤 돌아오실 예정인지 아십니까?"

"삼 일을 다 채우고 오실지, 아니면 하루 이틀 빨리 오실지 아직 모르겠습니다."

그렇다면 다른 방법이 없었다. 하루라도 일찍 만나려면 종남으로 가는 수밖에.

사도무영은 공이를 돌아다보았다.

"선사께선 어떻게 하실 생각이십니까?"

"클클클, 그러는 시주는 어찌할 생각이신가?"

"일단 종남으로 가볼 생각입니다."

"그럼 빈승도 함께 가볼까?"

공이는 사도무영과 함께 걸으면서 이것저것 꼬치꼬치 캐물었다.

"그래, 사부는 뉘신가?"

"망혼이라는 도호를 쓰시는 분입니다."

"어느 파에 계신 분이지?"

"죄송합니다. 말하지 말라는 엄명이 계셔서……."
"시주 나이는 어떻게 되나?"
그 질문에는 대답하지 않으려 했다. 하지만 언젠가는 밝혀질 일. 작정하고 솔직히 말했다.
"그게……, 열아홉입니다."
일행 모두가 움찔하더니 홱 고개를 돌려 사도무영을 쳐다보았다.
헉! 뭐야? 열아홉?
스물이 훨씬 넘은 줄 알았는데…….
왜 저리 나이 들어 보인 거야?
속았군!
사도무영은 모른 척 고개 한 번 돌리지 않고 걸었다.
'고의로 속인 것은 아니니 내 잘못은 없지 뭐.'
그래도 공이의 질문은 계속되었다.
"혼돈의 전설에 대해서 들어본 적 있나?"
사조와 지옥천종이 언뜻 이야기한 적이 있었다.
하늘과 대지의 기운이 뒤틀리면 혼돈세상이 도래하고, 깊숙이 숨겨졌던 힘이 모두 나타날 거라 했다. 그리고 그때가 어쩌면 지금일지 모른다고 했다.
'나더러 혼돈을 평정할 운명을 타고났다고 했지.'
무천진인이 그의 몸을 원했던 것도 그래서였지 않은가.
"들어본 적이 있습니다. 하지만 자세한 것에 대해선 알지 못합니다. 선사께서 가르침을 내려주시지요."

공이는 휘적휘적 걸으며 혼잣말처럼 말했다.

"혼돈은 보통 일천년에 한 번 도래한다고 알려져 있네. 때로는 조금 빠를 수도 있고, 때로는 조금 늦을 수도 있지만, 분명한 것은 그냥 지나치지 않는다는 거네. 저 깊은 곳에 숨어 있는 사마의 기운이 더 혼탁해지기 전에 정화해야 하거든. 물론 그로 인해서 수많은 목숨이 사라지고, 그 중에는 애꿎게 죽는 사람도 부지기수겠지. 하지만 어쩌겠나, 그리하지 않으면 훗날 몇 배 더 심한 악취가 온 세상을 뒤덮을 텐데."

담담히 말을 이어가던 공이가 힐끔 사도무영을 보며 씩 웃었다.

"그래도 다행히 하늘은 그때마다 혼돈을 가라앉힐 운명의 지배자를 내려 보낸다네."

네가 바로 그 운명을 타고 난 사람이지.

그 말을 하지는 않았지만 귓속에서 그 말이 울리는 것만 같다.

사도무영은 고개를 돌려 공이를 바라보았다.

깊이를 알 수 없는, 천진하게 보일 정도로 맑은 눈. 그 눈에 잔잔한 웃음이 떠올라 있다.

그는 공이의 눈빛을 보고 공이가 자신에 대해 많은 것을 알고 있다는 걸 깨달았다.

공이는 어떻게 자신에 대한 걸 알고 있는 걸까?

공이의 진정한 신분은 무엇일까?

장안에서 자신과 만난 것이 우연일까?

 그는 장안표국의 정문에서 만났을 때부터 느끼고 있었다. 공이의 무위가 절대의 경지에 올라 있다는 걸.

 그런데 그것만이 전부가 아닌 듯했다.

 아무래도 여기저기 다니지 않고 곧바로 자신을 찾아온 것 같았다. 천기를 읽고 판단할 능력이 있다는 말.

 그런 능력을 지닌 사람이 아무런 목적도 없이 자신을 찾아왔을 리 만무한 일. 사도무영은 고요한 눈으로 물었다.

 "저에게 뭘 바라시는 건지요?"

 "선재로다……."

 공이는 담담히 웃으며 고개를 끄덕였다.

 하나를 말하면 열을 알아듣는 게 기껍다는 표정이었다.

 "마당을 쓸 때는 낙엽을 아까워하면 안 되는 법이라네. 불이 필요할 때는 땔감이 될 수 있지만 청소할 때는 쓰레기일 뿐이거든."

 "상황에 맞게 단호한 행동을 하라는 말씀이신지요?"

 "아무리 하찮은 것이라 해도 나름대로 다 쓰임새가 있는 법이지. 하나 그 쓰임새에 맞지 않으면 없느니만 못한 것이 될 수도 있네. 만사를 포용하면 더없이 좋겠지만 그것은 부처조차 못한 일, 과욕은 오히려 희생만 키운다는 점을 명심하도록 하게나."

 "선사의 말씀, 가슴에 새기겠습니다. 하오나 그에 대한 판단은 제가 내릴 것입니다."

"그거야 당연한 일이지. 누가 감히 시주의 일을 대신 해줄 수 있을까?"

"아마 그 일을 하다 보면 때론 마의 힘을 빌릴지도 모르겠습니다."

"흘흘흘, 시주가 뭘 모르는구먼. 혼돈의 지배자에게는 정과 마의 경계가 없다네. 오롯이 스스로만 있을 뿐이지."

"그거야말로 정말 반가운 말씀이군요. 한동안 그 때문에 고민을 했었는데 말입니다."

"모든 것은 결국 시주의 마음에 달렸음이니……. 나무아미타불, 관세음보살."

공이는 염불을 외우고는 더 이상 입을 열지 않았다.

잔뜩 궁금한 표정으로 뒤를 따르던 세 사람은 인상을 쓰고 공이와 사도무영의 뒷모습을 바라보았다.

궁금증이 풀어지기는커녕 오히려 더 커진 상태였다.

혼돈이 어떻고, 정화가 어떻고 하더니 입을 닫고 걷기만 한다. 대체 그게 무슨 말일까?

장막심은 고개를 갸웃거리면서도 은근히 기분이 좋았다.

'그러니까, 아우가 대단한 사람이란 말 같은데……. 흐흐흐, 나는 그런 아우의 형이고 말이야.'

반면 양류한은 내심 탄식했다.

'사도 형도 그렇고, 저 노승 역시 도무지 그 속을 짐작할 수

가 없으니 정녕 세상은 넓고도 넓구나.'

도담은 궁금증을 바로 털어내 버렸다.

어차피 그는 사도무영만 따라다니면 되었다. 복잡한 생각을 할 이유가 없었다.

'요즘 머리가 많이 빠지는 거 같아. 아직 장가도 가지 못했는데······.'

2.

종남산을 앞에 두고 사도관은 이마를 찌푸린 채 깊은 생각에 잠겼다.

종남에 가서 목에 힘주는 것도 재미있을 듯싶었다. 그래서 초청을 받아들이고 종남산까지 온 것이었다.

그런데 막상 종남산에 도착하니 공연한 짓을 하는 것 같았다.

어울리지 않는 그 모습에 단학이 째려보며 한마디 했다.

"대공, 왜 그러십니까?"

왜 똥마려운 표정을 짓고 있느냐는 말투.

사도관은 간단하게 자신의 현재 마음을 표현했다.

"새신 신고 개똥을 밟은 기분이오. 왜 이렇게 찝찝하지?"

찝찝한 건 단학이 더했다.

종남에 갔다가 정체가 탄로 나면 도망쳐야 할지 몰랐다. 그럼 무슨 창피란 말인가.

'지금이라도 그냥 돌아갈까?'

단학이 망설이는데 사도관이 말했다.

"지금 호북과 하남에서는 난리가 났다는데 이렇게 놀러 다녀도 될지 모르겠소."

'철들었군.'

"근데 종남은 무슨 생각으로 이런 행사를 하는 건지 원."

'그거야 그들 사정이지.'

"차라리 낙양으로 갈까? 천보장이 위험해질지도 모르는데."

단학은 힐끔 나민을 바라보았다.

나민은 담담한 마음이었다. 언젠가는 맞닥뜨려야할 일. 피할 생각은 없었다.

단학은 그런 나민을 보고 고개를 설레설레 저었다.

'부창부수라더니, 둘 다 간이 많이 부었어.'

순간 움찔한 그는 속으로 한숨을 내쉬었다. 알고 보면 간이 부은 것은 그도 마찬가지였다.

'후우, 그러고 보니 다른 사람 걱정할 때가 아니군. 장주님이 나도 가만 두지 않을 텐데……'

그때 광효가 불만이 가득한 투로 말했다.

"시주, 종남에는 마인들도 없는데, 꼭 가야 하는가?"

사도관은 턱수염을 쓰다듬으며 입맛을 다셨다.

"승 형도 가기 싫소?"

"내가 가야 할 곳은 마인들이 있는 곳이지 종남이 아니다. 차라리 구천신교로 가자. 혈음사의 혈승들이 나타났다지 않은가?"

광효는 평소와 달리 자신의 주장을 강하게 펼쳤다. 그런데 사도관 역시 광효의 그런 주장이 마음에 들었다.

종남에 올라가서 행사 구경이나 하며 시간을 보내느니, 정천맹으로 가서 구천신교 무리와 싸우는 게 더 나을 듯했다.

'낙양으로 가기 전에 마무리를 장식하는 거야!'

그곳에 가서 영웅이 되는 것이다!

짝!

무릎을 치고 자리에서 일어난 사도관은 홀가분한 표정으로 말했다.

"좋소. 그런데 당장 구천신교로 가긴 그렇고, 일단 장안으로 돌아갑시다. 가서 용검회의 일을 정리한 다음에 여주로 가든, 낙양으로 가든, 남양으로 가든 합시다, 승 형."

순우연이 있으면 그에게 대충 미루면 될 텐데, 하필 이때 용검회주의 몸이 좋지 않다는 연락이 와서 산장으로 돌아가 있는 상태였다.

광효는 힘차게 소리치며 사도관의 결정을 반겼다.

"아미타불! 나도 좋다!"

그 모습을 보고 섭장천은 빙그레 웃었.

사실 그도 종남에서 행사나 구경하며 시간을 보내야 한다는 것이 마뜩치 않았다.

정천맹이 궁지에 몰리고 구천신교가 득세한 상황, 호남의 전검방도 언제 위험에 처할지 모르는 상황이 아닌가. 한데 그런 판국에 종남으로 봄나들이라니.

그런데 종남산을 코앞에 두고 사도관이 발길을 돌리겠다고 하자 다행이라는 생각이 들었다.

'늦었다고 생각했을 때 결심한다는 것이 쉬운 일은 아닌데, 확실히 괜찮은 분이야.'

그때 사도관이 강후를 불렀다.

"어이, 강후!"

"예, 문주님!"

"비가 올 것 같다. 그만 돌아가자. 비 맞으면서 산에 올라가긴 싫거든."

광효를 제외한 나머지 사람들은 사도관의 그 말에 피식 웃음을 지었다.

하여간 엉뚱하기는.

발길을 돌린 지 반시진. 장안성을 십여 리 남겨놓았을 때였다.

사도관 일행이 봄바람을 즐기며 걸어가는데 서쪽 저 멀리에서 헐레벌떡 달려오는 사람이 하나 보였다.

단정한 갈의무복, 이마에 갈색 무사건을 차고 등에는 검을 메고 있다.

사도관이 그의 복장을 보고 눈을 동그랗게 떴다.

"어? 포검산장 사람 같은데?"

섭장천도 알아보고 눈을 가늘게 좁혔다.

"무슨 일 때문에 저리 달려오는지 모르겠군요."

"뭐 급한 일이라도 생겼나?"

그때 달려오던 자가 사도관 일행을 보고 소리쳤다.

"혹시 관 대협 일행이 아니십니까!"

사도관이 손을 들고 대답했다.

"하, 하, 하, 내가 바로 사도……, 관도사라네!"

묻고 대답하는 사이 거리가 삼십여 장으로 줄어들었다.

그는 사도관 앞에 도착하자마자 털썩 무릎을 꿇고 다급히 말했다.

"둘째 어르신께서 급히 관 대협을 찾으십니다!"

"둘째 어르신이? 무슨 일인데?"

혹시 용검회주가 죽은 건 아닐까?

문득 그런 생각이 들었다.

'그럼 바로 떠날 수 없잖아? 조문이라도 가 봐야…….'

하지만 그런 일이 아니었다. 오히려 그보다 더 큰일이 벌어진 상황이었다.

"놈들이 진령을 넘어오고 있습니다, 대협!"

"놈들? 누구……. 설마 천마궁이……?"

"그렇습니다, 대협!"

'이런, 빌어먹을 놈들이! 장안을 떠난 다음에나 쳐들어 올

것이지!'

사도관의 얼굴이 붉어졌다.

천마궁이 진령을 넘어온다는 것은 그만한 준비를 갖추었다는 말이었다.

과연 자신들이 가서 그들을 막을 수 있을까?

하지만 알게 된 이상 안 갈 수도 없었다. 그리고 가기로 결정한 이상 망설이는 것은 성격에 맞지 않았다.

"강후, 너희들은 부인을 모시고 장안표국으로 가라. 이 표두도 따라가쇼. 포검산장에는 우리들만 갈 것이니까!"

사도관은 빠르게 명령을 내리고 옆을 째려보았다.

광효의 눈이 광기로 번들거리고 있었다.

'원대로 되어서 좋기도 하겠수.'

사도관은 속으로 투덜거리고 턱을 치켜들었다.

"자, 갑시다! 마인들을 때려잡으러!"

3.

사도무영은 공이와 함께 장안성을 나와 종남으로 향했다.

구름이 제법 짙게 끼는 것이 비라도 올 듯했다.

그렇게 얼마나 갔을까, 앞을 바라보던 사도무영의 눈이 살짝 커졌다.

"응?"

저만치에서 다섯 사람이 장안성을 향해 걸어오고 있었는데 모두 아는 사람이었던 것이다.

강후와 이원적, 상명승, 문인수영, 거기다 나민까지.

사도무영은 빙그레 웃으며 그들이 가까이 오기를 기다렸다.

강후가 제일 먼저 사도무영을 발견했다.

"사형!"

뒤이어 이원적과 상명승, 문인수영이 사도무영을 알아보았고, 나민은 한참 동안 쳐다본 후에야 앞에 있는 사도무영이 바로 삼 년 전의 사도무영이란 걸 알아챘다.

"하하, 사도 공자, 정말 반갑소이다!"

"사도 형, 이게 얼마 만입니까?"

"그간 잘 지내셨어요?"

"저야 잘 지냈지요."

사도무영이 청운표국 사람들과 인사를 나누는데 강후가 말했다.

"사형, 문주님이 장안에 계시다는 걸 알고 오신 겁니까?"

문주라 부른다. 강후도 관도사의 이름이 사도관이며, 자신의 아버지라는 걸 알고 있다는 말.

그렇다면 말하기가 한결 수월했다.

"그렇습니다. 아버지가 장안표국에 있다는 말을 며칠 전에야 듣고 찾아가는 길입니다."

"하하하, 그러셨군요. 아참, 여기 명승과 수영도 본문의 제자가 되었습니다. 그리고 장안표국의 영호 공자도 문주님께서 받아들이기로 했지요."

"그래요?"

사도무영은 입가에 웃음을 띤 채 이원적과 상명승, 문인수영을 바라보았다. 상명승과 문인수영이 포권을 취하며 정식으로 인사했다.

"열심히 해서 천화문의 이름을 욕되지 않게 하겠습니다, 사형."

"잘 부탁해요, 사형."

괜찮은 사람들이었다. 자질도, 성격도.

'아버지가 신나 있겠군. 평소 사람들이 따르는 걸 좋아했는데.'

그는 빙그레 웃으며 마주 포권을 취하고는 나민을 향해 고개를 돌렸다.

"무사하셔서 다행입니다."

나민은 사도무영을 보기가 민망했다. 어쨌든 이제는 사도무영의 아버지인 사도관을 지아비로 모시지 않았는가 말이다.

"사도 공자에게 먼저 미안하다는 말을 전해야겠네요."

"예? 무슨 말씀이신지……?"

밑도 끝도 없는 나민의 말에 사도무영이 의아한 표정을 지었다.

나민은 숨을 들이켜 마음을 가다듬고 자신과 사도관 사이에 대해 간단하게 말해주었다.
"공자의 아버님께서 저를 받아주셨어요."
사도무영은 그 말을 바로 알아듣지 못했다. 그도 잠시, 곧 나민의 말을 깨달은 그는 난감한 표정을 지었다.
하지만 아버지와 나민 사이에 무슨 일이 있었는지 모르는 한 아직은 그에 대해서 뭐라 말할 때가 아니었다.
"그 일에 대해선 나중에 아버지를 통해서 자세히 듣겠습니다."
"그렇게 하세요. 저는 공자가 뭐라 말하든 다 들을 준비가 되어있답니다."
사도무영은 솔직히 한숨이 나왔다.
'후우, 대체 무슨 짓을 저지른 거야? 어떻게 유모와 그런 사이가 된 거지? 설마 아버지가 강제로……?'
그것도 완전히 배제할 순 없었다. 그러나 어머니를 염라대왕보다 더 무서워하는 아버지가 그런 일을 저질렀다고 보기에는 무리가 많았다.
'만나보면 알겠지.'
사도무영은 사도관의 행방을 알기 위해 강후를 바라보았다.
그때 강후가 먼저 입을 열었다.
"저기, 사형. 지금 장안표국으로 가셔도 문주님을 만나지 못하실 겁니다. 문주님께서는 포검산장으로 가셨거든요."
포검산장으로 갔다고?

"종남에 가지 않았단 말입니까?"

"산 아래에서 돌아서셨는데, 돌아오던 중에 포검산장에서 달려온 사람을 만났습니다."

"무슨 일로……?"

"천마궁이 진령을 넘었다고 합니다."

사도무영이 대경해 소리쳤다.

"뭐라고요?"

"문주님과 광효대사, 섭 대협과 단 대협이 그 말을 듣고 급히 달려가셨습니다."

"이런!"

천마궁이 진령을 넘은 목적은 용검회를 무너뜨리기 위해서일 것이다. 그럼 전력을 다 동원했다는 말. 철혈신마도 왔을 것이다.

네 사람이 도착할 즈음에는 포검산장이 이미 공격을 받고 있을 터.

'위험해!'

천마궁은 백마동의 후신이다. 그들이 더해진다고 해도 막기가 쉽지 않을 것이다.

"포검산장의 위치를 아십니까?"

"예, 알고 있습니다."

"앞장서십시오. 그리고 나머지 분들은 장안표국으로 가 계십시오."

4.

 진령을 넘은 천마궁 무사들은 곧장 포검산장을 향해 달려갔다.
 일천에 이르는 그들은 사방을 포위한 채 포검산장으로 접근했다.
 검은 구름이 해일처럼 밀려가는 그 광경에 하늘조차 숨을 멈추었다.
 쩌저정! 창!
 천마궁 무사들은 포검산장의 담장이 가까워오자 일제히 무기를 뽑아들었다.
 "공격을 시작하면 철저히 무너뜨린다! 가자!"
 선두에 선 멸천단 단주 구제천의 일갈이 하늘에 울려 퍼졌다. 동시에 천마궁 무사들의 움직임이 빨라졌다.
 이제 포검산장까지는 백여 장. 그들은 침묵이 짓누르고 있는 포검산장을 노려보며 신형을 날렸다.
 잠시 후. 멸천단이 제일 먼저 담을 넘고, 백마와 서른두 명의 장로들이 그 뒤를 따라서 장원 안으로 진입했다.

 포검산장은 천마궁이 진령을 넘을 때부터 그들을 맞이할 준비를 한 상태였다.
 그들은 외장에 있던 사람들을 모두 내장으로 피신시키고, 내장의 모든 무사들이 밖으로 나와서 진세를 구축했다.

전체적인 전력에서 밀리는 상황. 그들이 천마궁을 막을 수 있는 방법은, 방어를 철저히 하며 적의 세력을 약화시키는 방법밖에 없었다.

문제는 철혈신마였다.

순우연의 보고가 사실이라면, 포검산장에는 일 대 일로 그를 막을 수 있는 사람이 없었다. 그저 사도관과 광효가 도착할 때를 기다리는 수밖에.

"연락이 되었는지 모르겠군."

"종남의 춘명대전에 참석했다면 늦을지 모릅니다, 숙부."

"빌어먹을 놈들, 혹시 그 사실을 알고 쳐들어오는 건 아닌지 모르겠군."

그럴 가능성이 컸다. 하기에 순우겸은 이를 악물고 하늘이 포검산장을 지켜주기만 바랐다.

그렇게 그들이 피 말리는 초조감에 휩싸여 있을 때 천마궁의 무사들이 외장으로 빠르게 다가왔다.

그리고 곧 갈색의 거조들이 담장 위로 날아올랐다.

"놈들을 안으로 들여선 안 된다!"

"전력을 다해서 막아라!"

순우겸과 순우종, 순우문 등 용검회 간부들의 목소리가 포검산장을 울렸다.

한때 천하제일을 자랑했던 용검회가 아닌가.

그러한 용검회가 마도의 무리에게 포위당한 채 전전긍긍한다는 것은 치욕이 아닐 수 없었다.

그러나 천마궁은 섬서를 제패하려할 만큼 강했고, 용검회는 둘로 나눠진 상태였다. 자존심을 세우기는커녕 지금은 멸문을 걱정해야 할 판이었다.

외장 안으로 날아든 천마궁의 멸천단원들은 망설이지 않고 포검산장 무사들을 공격했다.

처음에는 진세에 가로막혀 전진이 쉽지 않았다.

하지만 제아무리 두꺼운 거목도 도끼질을 계속하다 보면 부러지는 법. 천마궁의 공세가 끊임없이 계속되자 진세에 균열이 생기기 시작했다.

"으하하하! 용검회도 별것 없구나! 왜 나와서 싸우지 못하는 거냐!"

"놈들을 몰아붙여라! 천마궁의 위대함을 보여줘라!"

사방에서 천마궁 무사들의 외침이 들려왔다.

격전음에 고막이 먹먹했다.

점점 짙어지는 피냄새. 끊이지 않고 들려오는 신음!

동료들이 바로 옆에서 죽어가고, 사지가 잘린 채 고통에 울부짖는 소리가 귀청을 파고든다.

용검회의 검사들은 밀려드는 두려움을 떨치기 위해 이를 악물고 적을 상대했다.

한편, 순우겸은 천마궁의 무력이 예상했던 것보다 더 강함을 알고 얼굴이 바위처럼 굳어졌다.

'이 정도였던가?'

천마궁 무사의 숫자가 용검회보다 두 배나 많은데 무위도 그리 떨어지지 않았다.

백마와 장로들의 무위는 용검회의 은룡검사에 비해 아래가 아니었고, 개중에는 금룡검사와 비견할 수 있는 자들도 이십여 명이나 되었다.

과연 얼마나 버틸 수 있을까?

철혈신마는 아직 나서지도 않은 상태.

순우연의 말에 의하면, 그의 무위는 사도관이나 광효보다 강하다고 했다.

그게 사실이라면 용검회에서 다섯 손가락 안에 드는 고수 중 두 사람 이상이 합공해야만 할 터. 현 상황에서 그러한 고수 두 사람이 빠진다면 한쪽 방어망에 구멍이 날 수밖에 없다.

'빌어먹을! 큰 애가 나오기 전에 이런 일이 벌어지다니.'

큰아들인 순우진은 절정의 경지에 오르던 중 주화입마에 빠져서 폐관수련인 것으로 알려져 있었다.

하지만 그것은 벽검산장 동방가의 눈을 속이기 위해서 한 거짓말에 지나지 않았다.

순우진이 폐관수련하는 진짜 이유는, 용검회 최강의 검공인 천룡검을 익히기 위함이었다. 지난 백수십 년간 아무도 익히지 못했다는 천룡검을 말이다.

그런데 순우진이 폐관수련을 마치기 전에 천마궁이 쳐들어온 것이다.

'저자를 막지 못하면 끝장이다.'

순우겸은 주먹을 움켜쥐고 포검산장의 간부들에게 소리쳤다.

"무슨 수를 써서라도 놈들을 막아야 한다! 최소한 큰애가 나올 때까지만 버텨라!"

위지양은 천마궁도들이 포검산장을 공격하는 모습을 백궁명, 혁거붕과 함께 오십여 장 뒤쪽에서 바라보았다.

전격적인 공세에 포검산장은 옴짝달싹 못하는 상황. 이 상태에서 싸움을 최대한 빨리 끝내야 했다. 그러지 못하면 싸움이 길어질 것이고, 사도관 등이 오면 피해가 커질 것이었다.

그는 용검회의 맥을 끊을 수 있는 곳을 찾아보았다.

시커먼 벽돌로 높게 쌓인 담장 위에 일곱 사람이 서 있는 게 보였다.

네 명의 중년인과 세 명의 노인들.

용검회 검사들을 지휘하는 그들의 무위는 백마와 장로들 이상으로 뛰어나 보였다.

'저들이 용검회의 핵심간부들과 장로들인가 보군.'

용검회의 핵심 전력. 저들만 무너지면 용검회도 힘을 쓰지 못할 것이었다.

위지양은 땅을 박차고 몸을 날렸다.

그 뒤를 백궁명과 혁거붕이 따라갔다.

순우만은 대붕(大鵬)처럼 날아오는 위지양을 보고 검을 움켜쥐었다.

그가 누군지 물어볼 것도 없었다.

날아오는 그의 주위로 폭풍이 휘몰아치는 듯하다. 그러한 신위를 발휘할 수 있는 자가 천하에 얼마나 될 것인가.

철혈신마! 바로 저자가 천마궁주 철혈신마다!

순우만은 자신의 능력을 과대평가하지 않았다. 상대는 일대 일로는 이길 수 없는 절대강자. 지금은 자존심을 따질 때가 아니었다.

"아우! 나와 함께 저자를 상대하자!"

그의 결의에 찬 외침에 옆에 있던 노인이 신형을 날렸다. 그는 순우만의 동생인 순우장으로 능히 용검회에서 열 손가락 안에 드는 고수였다.

"알겠습니다, 형님!"

"철혈신마! 너는 우리가 상대해주마!"

순우겸이 그 모습을 보고 대경해서 소리쳤다.

"숙부님! 위험합니다! 그는 저희에게 맡기고 물러나십시오!"

"우리 아직 안 죽었다! 걱정 마라!"

순우만과 순우장은 두 번의 도약으로 위지양의 앞을 막았다.

위지양은 검을 뽑아들고 떨어지던 자세 그대로 내리쳤다.

마치 거대한 검에 구름 낀 하늘이 두 쪽으로 갈라지는 듯했다.
후우우웅!
순우만과 순우장도 전력을 다해 위지양에 맞섰다.
콰앙! 떠덩!
연이은 굉음과 함께 순우만과 순우장이 뒤로 주욱 밀려났다.
허공에 떠있던 위지양 역시 뒤로 삼 장을 날아간 뒤 느릿하니 땅으로 내려섰다.
"과연 용검회군. 하지만 영광이란 영원할 수 없는 법. 오늘로써 그대들의 영광도 끝이 날 것이오."
"흥! 쉽지 않을 것이다, 철혈신마!"
순우만이 노안을 부릅뜨고 소리쳤다.
위지양은 구름 위를 걷듯 걸음을 내딛으며 검을 들어 올렸다.
순우만은 두 눈에 거대한 검만이 보이자 입술을 파르르 떨었다. 상대가 검을 들어 올렸을 뿐인데도 숨을 쉬기가 힘들었다.
일순간, 뇌리에 어떤 전설이 하나 떠올랐다.
"맙소사! 절대마검(絶對魔劍)······. 네가 전설의 천마검을 얻었구나!"
"그걸 알면 대항한다는 게 얼마나 무의미한지 아실 거라 생각하오만."
"죽더라도 혼자 죽지는 않을 것이니라!"
순우만은 비장한 표정을 지으며 검을 머리 위로 쳐들었다.
정말 철혈신마가 천마검을 얻었다면 자신이 상대할 수 있는 자가 아니다.

용검회에서 천마검을 상대할 수 있는 사람은 회주인 순우곤과 폐관수련 중인 큰손자뿐. 그러나 순우곤은 병환이 깊고, 큰손자는 천룡검을 아직 완성하지 못한 상태가 아닌가.

그는 목숨을 걸기로 했다.

자신의 죽음으로 철혈신마에게 부상을 입힐 수 있다면 그것으로 만족할 수 있었다.

'천마검에 죽는다면 아쉬울 것도 없지!'

순간, 순우만의 검에서 휘황한 검강이 쭉 뻗었다.

"철혈신마! 내 시신을 밟지 않고는 한 걸음도 더 갈 수 없다!"

죽음을 각오한 그는 비장한 일갈을 내지르고 위지양을 향해 신형을 날렸다.

위지양은 무심한 눈으로 순우만을 보며 검을 뻗었다.

일순간, 두 사람의 검이 정면으로 얽혀들었다.

쿠구구궁! 콰광!

연이은 굉음이 이는가 싶더니, 순우만의 몸이 뒤로 튕겨졌다.

"크윽!"

위지양은 다시 검을 들어 순우만을 가리켰다.

대지를 짓누르는 거대한 기운이 그의 검끝에서 흘러나왔다.

순우만의 표정이 절망으로 물들었다.

'하늘은 진정 우리를 외면하는가?'

그때였다. 웅혼한 목소리가 포검산장을 뒤흔들었다.

"철혈신마! 우리가 왔다! 우리와 싸워보자!"

찰나 간 위지양의 눈빛이 흔들렸다. 사도관이란 자의 목소리가 분명했다.

'어떻게 된 거지?'

이제 겨우 공격한 지 일각이 조금 넘었을 뿐이다. 아무리 빨라도 한 시진 이후에나 올 거라 생각했거늘, 예상보다 훨씬 빠르게 나타났다.

'곤란하게 되었군.'

사도관이 왔다면 광효와 섭장천도 왔을 터. 그들의 출현은 그조차 부담스럽지 않을 수 없었다.

하지만 이미 나타난 자들에 대해 고민해 봐야 소용도 없는 일. 그는 할 수 없이 몸을 틀었다.

"총호법과 태상장로가 이 사람들을 맡으시오!"

위지양의 명이 떨어지자, 백궁명과 혁거붕이 날아들었다.

"알겠습니다, 궁주!"

"염려마시고 그자들을 상대하십시오!"

위지양은 그 두 사람에게 순우문과 순우장을 맡겨놓고 사도관이 오는 곳을 향해 신형을 날렸다.

광효가 그를 보고 눈에서 불길을 뿜어냈다.

"아, 미, 타, 불! 마도의 무리여! 용서치 않을 것이로다!"

콰아아아! 쩌저저적!

강기의 폭풍이 휘몰아치고, 바닥이 쩍쩍 갈라지며 뒤집어졌다.

가공할 위력이 실린 기운이 얽혀들자 일대 십여 장이 폭발이라도 일으킨 것처럼 초토화되었다.

바위가 먼지처럼 부서지고, 나무는 가루가 되어 회오리바람에 휘말렸다.

그들의 주위로는 누구도 근접하지 못했다.

접근은커녕 혼신을 다해 사정권 밖으로 빠져나가야만 했다.

"피해!"

"십 장 밖으로 도망쳐라!"

심지어 섭장천조차 그들과 거리를 두고 백마 중 두 사람을 상대했다.

위지양은 사도관과 광효의 기운을 동시에 받아내며 눈살을 찌푸렸다.

'역시 둘을 한꺼번에 상대하는 건 무린가?'

그가 강하다 하나 사도관과 광효를 동시에 상대한다는 것은 쉽지 않은 일이었다.

혹시나 했지만 역시나 예상대로였다.

이대로 가면 언제 승부가 날지 아무도 모른다. 한 시진이 걸릴지, 하루가 걸릴지, 아니면 며칠이 걸릴지.

문제는 그렇게 마냥 시간을 보낼 수 없다는 것이다.

그는 천마검을 휘둘러 두 사람과 거리를 벌리고 훌쩍 뒤로 물러났다.

콰르르릉!

검강이 스치고 지나간 바닥이 쩍 갈라지며 세 사람을 갈라놓았다.
 성질 급한 광효가 먼저 위지양을 향해 달려들었다. 위지양이 바라던 바였다.
 순간, 위지양의 눈 깊은 곳에서 묵빛 광채가 번뜩였다.
 "조심해, 승 형!"
 뒤늦게 사도관이 위지양의 계략을 눈치채고 소리쳤다.
 각개격파(各個擊破).
 화살 열 개를 한 번에 부러뜨리기는 힘들어도 하나씩 열 개를 부러뜨리기는 쉬운 법. 위지양은 둘을 동시에 상대하지 않고 한 사람씩 상대할 생각인 것이다.
 쾅!
 위지양과 광효가 격돌하며 천둥 같은 굉음이 울렸다.
 동시에 광효의 몸이 이 장 뒤로 주르륵 밀려났다.
 반면 위지양은 세 걸음 물러나서 다시 검을 들어올렸다.
 고오오오!
 그의 검첨에서 휘도는 검강이 일대의 대기를 집어삼켰다.
 사도관은 검을 앞세우고서 다급히 신형을 날렸다.
 "여기도 있다, 철혈신마!"
 위지양은 검첨을 사도관 쪽으로 돌렸다.
 '어쩌면 이자를 먼저 제거하는 것이 나을지도······.'
 광효는 힘만 앞세우는 자다. 그러나 사도관은 만사태평한 것처럼 말하면서도 앞뒤 저울질해가며 일행을 주도한다.

사도관을 쓰러뜨리면 광효는 크게 문제될 것이 없을 듯했다.

콰아아아!

위지양의 검에서 쏟아지던 묵직한 기운이 광풍처럼 변했다.

사도관도 이를 악물고 천화신공을 더욱 강하게 끌어올렸다.

"어디 한 번 붙어보자!"

절대의 기운 두 줄기가 서로를 잡아먹을 것처럼 달려들었다.

쩌저저적! 콰광!

강기의 폭풍이 휘몰아치며 두 사람을 휘감았다.

삼 초의 격돌이 찰나 간에 서로의 공격을 상쇄시키며 밀려갔다 밀려오기를 반복했다.

막상막하의 결전!

하지만 그것은 밖에서 보는 사람들의 생각일 뿐이었다.

사도관은 자신이 미세하게 밀린다는 걸 느끼고 얼굴이 붉게 달아올랐다.

'진짜 세네, 이 자식!'

중천화로 최대한 버티고 결정적인 순간에 대천화를 펼쳐서 상대를 흔들려고 했다. 그러나 위지양은 그의 생각보다 더 강하고 빈틈이 없었다.

사도관은 이를 악물고 위지양을 노려보았다.

격돌이 이어질수록 속이 울렁거리고 진기가 흔들린다. 이대로 몇 초만 더 격돌이 이어지면 내상을 피할 수 없을 것 같다.

'제기랄! 별수 없군!'

그는 마침내 대천화를 펼치기로 작정하고 검을 쥔 손에 전 공력을 쏟아 부었다.

찰나, 일검만천의 검세가 위지양을 향해 밀려갔다.

후우우웅!

그와 동시, 위지양의 검에서도 전보다 더 강한 기운이 솟구쳤다.

그 역시 천마검의 진수를 드러낸 것이다.

콰아앙!

두 절대 검력이 정면으로 부딪치며 고막을 터트릴 것 같은 굉음이 울렸다.

동시에 사도관과 위지양의 몸이 뒤로 밀려났다.

'아, 지미!'

사도관은 충격으로 인해 온몸이 조여드는 듯했다. 목구멍에 뭔가가 가득 막힌 기분. 숨조차 쉬기 힘들었다.

위지양도 인상을 쓰긴 했지만, 사도관보다는 덜한 표정이었다.

그때 광효가 위지양을 향해 신형을 날렸다.

"마도여 무리여! 지옥으로 가라!"

두 손을 쫙 펼친 채 승포를 펄럭거리며 날아가는 그의 모습은 가히 거대한 독수리가 따로 없었다.

게다가 하늘을 가득 메운 수많은 장영에는 대지를 짓눌러버릴 것처럼 거대한 힘이 담겨 있었다.

위지양은 날아드는 광효를 향해 천천히 검을 들어올렸다.

검첨에서 웅혼한 검강이 쭉 뻗어 나오는가 싶더니, 하늘을 가득 메운 광효의 장영이 폭발하듯 터져나갔다.

콰과과광!

광효는 천마검의 가공할 기운을 버티지 못하고 다시 뒤로 튕겨졌다.

위지양도 두 발을 대지에 박은 채 다섯 자 가량 밀려났다.

순간적으로 위지양의 천마강기가 흔들렸다. 그가 제아무리 강하다 해도, 두 절대고수의 연속된 공격을 아무런 손해 없이 막아내기에는 아직 무리였다.

위지양이 흔들렸다는 걸 안 사도관의 눈이 햇살 아래 칼날처럼 번뜩였다.

빈틈!

사도관은 기회를 놓치지 않고 번개처럼 달려들었다.

내뻗은 그의 검이 휘황한 빛을 뿜어내는가 싶더니 허공에서 사라졌다.

천화무변(天化無變)!

대천화의 두 번째 초식이 펼쳐진 것이다.

위지양은 전신을 압박하는 거대한 기운을 느끼고 눈을 가늘게 좁혔다.

일직선으로 날아드는 거대한 검의 기운!

그러나 상대의 단순한 검에는 하늘의 힘이 담겨 있었다.

처음으로 위협을 느낀 그는 검을 들어 원을 그렸다.
천마검의 진수 중 하나, 천마동천(天魔動天)이었다.
그 순간, 사도관은 눈앞이 암흑으로 변한 느낌을 받았다.
천화무변의 검세가 암흑 속으로 빨려 들어가는 느낌!
'빌어먹을!'
찰나였다!
뒤엉킨 두 줄기 절대검력이 이 장의 거리를 두고 폭발했다.
콰아아앙!
"크윽!"
사도관은 더 참지 못하고 신음을 흘리며 정신없이 밀려났.
반쯤 흐트러진 머리카락이 사방으로 흩날리고, 물러나는 걸음마다 한 자 깊이의 발자국이 깊게 찍혔다.
위지양도 표정이 딱딱하게 굳은 채 이를 악물었다.

〈10권에서 계속〉

Dark Blaze

다크 블레이즈

김현우 판타지 장편소설

FANTASYSTORY & ADVENTURE

『레드 데스티니』, 『골든 메이지』의 작가!
김현우 판타지 장편소설

십 년 전쟁의 승리에 파묻힌 충격적 비화.
제국이 아버지의 죽음을 감췄다!

알파드 공의 죽음과 엘리멘탈 프로젝트의 실체.
뒤틀린 진실을 알기 위해 아르미드 남매가 복수의 칼을 들었다!

dream books
드림북스